El Cura de Tours

Por

Honoré Balzac

Copyright del texto © 2023 Culturea ediciones
Sitio web : http://culturea.fr
Impresión: BOD - Books on Demand (Norderstedt, Alemania)
Correo electrónico : infos@culturea.fr
ISBN :9791041938575
Depósito legal : abril 2023

En los comienzos del otoño del año 1826, el abate Birotteau, personaje principal de esta historia, fue sorprendido por un chaparrón al volver de la casa donde había pasado la velada. Atravesaba, pues, tan rápidamente como sus carnes podían permitírselo la plazuela desierta llamada del Claustro, que se halla a espaldas del ábside de Saint-Gatien, en Tours.

El abate Birotteau, hombrecillo de constitución apoplética y de unos sesenta años, había sufrido ya varios ataques de gota. De suerte que, entre todas las pequeñas miserias de la vida humana, la que más aversión le inspiraba era la súbita mojadura de sus zapatos, de ancha hebilla de plata, y la inmersión de sus suelas. En efecto; a pesar de los escarpines de franela con que se empaquetaba en todo tiempo los pies, con ese cuidado que los eclesiásticos ponen en su persona, siempre pillaba un poco de humedad; y al siguiente día la gota le daba infaliblemente pruebas de su constancia. Sin embargo, como el piso del Claustro siempre está seco y el abate Birotteau había ganado tres libras y diez sueldos al whist en casa de la señora de Listomère, soportó la lluvia con resignación desde el centro de la plaza del Arzobispado, donde había empezado a caer en abundancia. Además, en aquel momento acariciaba él su quimera, un deseo que tenía ya doce años de fecha, ¡un deseo de clérigo!, un deseo que se robustecía todas las noches y que ahora parecía próximo a cumplirse; en fin, el abate Birotteau se envolvía demasiado bien en la muceta de una canonjía para sentir la intemperie. Durante la velada, las personas habitualmente reunidas en casa de la señora de Listomère le habían casi garantizado su nombramiento para la plaza de canónigo a la sazón vacante en el capítulo metropolitano de Saint-Gatien, asegurándole que nadie la merecía como él, cuyos derechos, durante mucho tiempo olvidados, eran incontestables. Si hubiese perdido en el juego, si hubiese sabido que al abate Poirel, su contrincante, le hacían canónigo, entonces sí que la lluvia le habría parecido fría. Tal vez habría renegado de la existencia. Pero se encontraba en una de esas raras circunstancias de la vida en que las sensaciones dichosas nos hacen olvidarlo todo. Al apresurar el paso obedecía a un movimiento maquinal, y la verdad, tan esencial en una historia de costumbres, obliga a decir que no pensaba en el chaparrón ni en la gota.

Antes había en el Claustro, del lado de la calle Mayor, varias casas, reunidas por una cerca, que pertenecían a la catedral y servían de albergue a algunos dignatarios del capítulo. Desde la enajenación de los bienes del clero, la ciudad hizo del pasaje que separa estas casas una calle, llamada calle de la Psallette y por la cual se va desde el Claustro a la calle Mayor. Su nombre indica suficientemente que allí habitaban antaño el primer chantre, sus escuelas y los que vivían bajo su dependencia. El lado izquierdo de esta calle está formado por una casa cuyos muros atraviesan los arbotantes de Saint-

Gatien, que están implantados en su estrecho jardinillo, de tal manera que queda en duda si la catedral fue construida antes o después que esta antigua vivienda. Pero examinando los arabescos y la forma de las ventanas, la cimbra de la puerta y el exterior de la casa, patinada por el tiempo, un arqueólogo ve que siempre formó parte del monumento magnífico al cual está unida. Un anticuario, si los hubiese en Tours, que es una de las ciudades menos literarias de Francia, podría incluso reconocer a la entrada del pasaje del Claustro algunos vestigios de la arcada que formaba antiguamente el frontispicio de estas habitaciones eclesiásticas y que debía de armonizarse con el carácter general de edificio. Situada al norte de Saint-Gatien, encuéntrase continuamente esta casa en las sombras proyectadas por la gran catedral, sobre la cual ha tendido el tiempo su negro manto, ha impreso sus arrugas y ha sembrado su frío húmedo, sus musgos y sus altas hierbas. Así, la casa está siempre envuelta en un silencio profundo, solamente interrumpido por el clamor de las campanas, el canto de los oficios, que trasciende de los muros de la iglesia, y el grito de las cornejas que anidan en la cúspide de los campanarios. Aquel paraje es un desierto de piedras, una soledad llena de fisonomía y en la que sólo pueden habitar seres llegados a una anulación completa o dotados de una fuerza de alma prodigiosa. La casa de que tratamos estuvo siempre ocupada por abates y pertenecía a una señorita entrada en años que se llamaba la señorita Gamard. Aunque la finca había sido comprada a la nación durante el Terror por el padre de la señorita Gamard, como ésta venía alojando en ella a presbíteros desde hacía veinte años, a nadie se le ocurría encontrar mal durante la Restauración que una devota conservase un bien nacional: tal vez las gentes religiosas le atribuían la intención de legársela al capítulo, y las gentes de mundo no veían que con ello fuese a cambiar su destino.

El abate Birotteau se dirigía a esta casa, donde llevaba dos años viviendo. Las habitaciones que ocupaba habían sido, como ahora la canonjía, el objeto de sus anhelos y su *Hoc erat in votis* durante un docena de años. Ser pupilo de la señorita Gamard y llegar al canonicato fueron las dos grandes cuestiones de su vida; y quizá resumen exactamente la ambición de un presbítero que, considerándose como de viaje para la eternidad, no puede desear en este mundo más que un buen albergue, una buena mesa, vestidos decentes, zapatos con hebillas de plata —cosas suficientes para las necesidades animales— y una canonjía para satisfacer el amor propio, ese sentimiento indecible que ha de seguirnos, según dicen, hasta el lado de Dios, puesto que entre los santos hay categorías. Pero el deseo de las habitaciones que ahora ocupaba, cosa mínima a los ojos del mundo, había sido para el abate Birotteau toda una pasión, pasión llena de obstáculos, y, como las más criminales pasiones, llena de esperanzas, de placeres y de remordimientos.

La distribución interior y la capacidad de su casa no habían permitido a la señorita Gamard tener más de dos huéspedes. Así, pues, unos doce años antes del día en que Birotteau logró ser su pupilo, la señorita Gamard estaba encargada de mantener contentos y sanos al señor abate Troubert y al señor abate Chapeloud. El abate Troubert vivía. El abate Chapeloud murió, y Birotteau le sucedió inmediatamente.

El abate Chapeloud, canónigo de Saint-Gatien, había sido amigo íntimo del abate Birotteau. Siempre que el vicario entraba en casa del canónigo, admiraba la habitación, los muebles y la biblioteca. De esta admiración nació un día el deseo de poseer cosas tan bellas. No pudo el abate Birotteau sofocar este ansia, que a menudo le hacía sufrir horriblemente, cuando se ponía a pensar que la muerte de su mejor amigo era lo único que podía satisfacer su oculta concupiscencia y que ésta aumentaba cada día. El abate Chapeloud y su amigo Birotteau no eran ricos. Hijos de aldeanos los dos, no tenían otra cosa que los flacos emolumentos concedidos a los presbíteros, y sus exiguas economías se consumieron en pasar los tiempos desgraciados de la Revolución. Cuando Napoleón restableció el culto católico, el abate Chapeloud fue nombrado canónigo de Saint-Gatien y Birotteau vicario de la catedral. Chapeloud se hospedó entonces en casa de la señorita Gamard. Cuando Birotteau fue a visitar a su amigo en su nueva vivienda, le pareció perfectamente distribuida; pero no vio más. El nacimiento de su concupiscencia mobiliaria fue semejante al de una pasión verdadera, que en un joven comienza a veces por una fría admiración por la mujer a quien más tarde amará por siempre.

La vivienda, a la cual daba acceso una escalera de piedra, estaba en un cuerpo del edificio orientado al Mediodía. El abate Troubert ocupaba el piso bajo, y la señorita Gamard el primer piso del cuerpo principal, que daba a la calle. Cuando Chapeloud entró en su alojamiento, las habitaciones estaban desnudas y los techos ennegrecidos por el humo. Las jambas de la chimenea, de piedra bastante mal esculpida, no habían sido pintadas nunca. Por todo mobiliario, el pobre canónigo puso allí, de primeras, una cama, una mesa, algunas sillas y los pocos libros que poseía. La vivienda parecía una hermosa mujer vestida de harapos. Pero dos o tres años más tarde, como una señora anciana le legase dos mil francos, el abate Chapeloud empleó esta suma en la compra de una biblioteca de encina, procedente de la demolición de un castillo destruido por la banda negra, y notable por sus esculturas, dignas de la admiración de los artistas. El abate hizo esta adquisición seducido, más que por la baratura de la biblioteca, por la perfecta concordancia que existía entre sus dimensiones y las de la galería. Sus economías le permitieron entonces restaurar la galería, muy pobre y abandonada. Se lustró cuidadosamente el suelo, se blanqueó el techo y se pintaron los zócalos fingiendo los colores y los nudos de la madera de encina. Una chimenea de mármol reemplazó a la antigua. Tuvo el canónigo bastante gusto para buscar y encontrar antiguas butacas de madera de nogal esculpidas. Luego, una mesa de ébano y dos muebles estilo Boulle acabaron de dar a la galería una fisonomía llena de carácter. En el espacio de dos años, la liberalidad de algunas personas devotas y los legados de sus piadosos penitentes, aunque modestos, llenaron de libros los estantes de la biblioteca, entonces vacía. Por último, un tío de Chapeloud, antiguo congregante del oratorio, le legó su colección infolio de los Padres de la Iglesia y algunas otras grandes obras, preciosas para un eclesiástico. Birotteau, cada vez más sorprendido por las transformaciones de aquella galería, antes desnuda, llegó gradualmente a codiciarla. Deseó poseer aquel gabinete, tan en relación con la gravedad de las costumbres eclesiásticas. Su pasión creció de día en día. Como trabajaba durante jornadas enteras en aquel asilo, pudo apreciar su silencio y su paz, después de haber admirado al principio su afortunada distribución. Durante los siguientes años, el abate Chapeloud hizo de la celda un oratorio, que sus devotos amigos se complacieron en embellecer. Más tarde aún, una señora ofreció al canónigo para su dormitorio un mueble de tapicería, tapicería que ella misma había estado fabricando durante mucho tiempo bajo las miradas del buen señor, sin que él sospechase que le estaba destinada. Entonces ocurrió con el dormitorio como con la galería: el vicario se deslumbró. En fin, tres años antes de su muerte, el abate Chapeloud había completado las comodidades de su vivienda decorando el salón. Aunque sencillamente adornado de terciopelo de Utrecht, el mueble había seducido a Birotteau. Desde el día en que el camarada del canónigo vio los cortinajes de seda roja de China, los muebles de caoba, la alfombra de Aubusson, que ornaban aquella vasta estancia pintada de nuevo, la vivienda de Chapeloud se convirtió para él en objeto de una secreta monomanía. Vivir allí, acostarse en el lecho de las grandes cortinas de seda en que se acostaba el canónigo, encontrar todas las comodidades en derredor de sí, como las encontraba Chapeloud, fue para Birotteau la dicha completa: no veía nada más allá. Todas las cosas del mundo que hacen nacer la envidia y la ambición en el corazón de los demás hombres se concentraron para él en el secreto y profundo sentimiento con que deseaba una habitación parecida a la que se había creado el abate Chapeloud. Cuando su amigo caía enfermo, iba a verle, llevado, sí, por un sincero afecto; pero al saber la indisposición del canónigo o cuando estaba haciéndole compañía, en el fondo de su alma se alzaban, a pesar suyo, mil pensamientos cuya fórmula más simple era siempre:

—Si Chapeloud muriese, yo podría alcanzar su alojamiento.

Sin embargo, como Birotteau tenía un corazón excelente, ideas estrechas y una inteligencia limitada, no llegaba hasta concebir los medios de lograr que su amigo le legase la biblioteca y los muebles.

El abate Chapeloud, que era un egoísta amable e indulgente, adivinó la pasión de su amigo, lo cual no era difícil, y se la perdonó, lo que sí puede parecer menos fácil en un presbítero. Pero tampoco el vicario, cuya amistad permaneció siempre firme, dejó de pasear a diario con su amigo por la misma alameda del paseo del Mazo, sin que ni un solo momento le pesara el tiempo consagrado desde hacía veinte años a aquel paseo. Birotteau, que consideraba como faltas sus involuntarios apetitos, habría sido capaz, por contrición, del más grande sacrificio por el abate Chapeloud. Éste pagó su deuda a tan sincera fraternidad diciendo, pocos días antes de su muerte, al vicario, que leía La Quotidienne:

—De esta vez te quedas con la habitación. Noto que para mí todo ha terminado.

En efecto, en su testamento, el abate Chapeloud legó su biblioteca y su mobiliario a Birotteau. La posesión de estas cosas tan vivamente deseadas y la perspectiva de ser admitido como pupilo por la señorita Gamard endulzaron mucho el dolor que causaba a Birotteau la pérdida de su amigo el canónigo: tal vez no le habría resucitado, pero le lloró. Durante algunos días le sucedió lo que a Gargantúa, el cual, habiendo muerto su esposa al dar a luz a Pantagruel, no sabía si regocijarse por el nacimiento de su hijo o apenarse por haber enterrado a su buena Badbec, y se equivocaba alegrándose de la muerte de ella y deplorando el nacimiento de Pantagruel. El abate Birotteau pasó los primeros días de su luto en registrar las obras de su biblioteca, en servirse de sus muebles, en examinarlos, diciendo con un tono que, por desgracia, no se le pudo oír: «¡Pobre Chapeloud!» En suma, su alegría y su dolor le ocupaban tanto, que no experimentó ningún sentimiento al ver que daban a otro la plaza de canónigo, en la que Chapeloud esperaba tener a Birotteau por sucesor. Como la señorita Gamard admitió de buen grado en calidad de huésped a Birotteau, éste participó desde entonces de todas las felicidades de la vida material que le ponderaba el difunto canónigo. ¡Ventajas incalculables! A creer al difunto Chapeloud, ninguno de los presbíteros que habitaban en la ciudad de Tours, ni siquiera el arzobispo, podía ser objeto de atenciones tan delicadas, tan minuciosas, como las que prodigaba la señorita Gamard a sus dos pupilos. Las primeras palabras que decía el canónigo a su amigo al empezar el paseo a diario casi siempre se referían al suculento almuerzo que acababan de servirle; y era muy raro que, durante los siete paseos de la semana, no se le ocurriese decir por lo menos catorce veces:

—Es indudable que esta excelente señorita tiene la vocación del servicio eclesiástico. Figúrese usted que durante doce años nada me ha faltado nunca: ropa blanca, albas, sobrepellices, alzacuellos…; todos los días encuentro cada cosa en su sitio, tantas como me hacen falta, y oliendo a lirio. Me lustran los muebles y los limpian tan bien, que desde hace mucho tiempo no sé lo que es el polvo. ¿Ha visto usted en mí la más ligera señal de polvo? ¡Jamás! Además, la leña para la calefacción está bien escogida; las menores cosas son excelentes; en resumen, parece que la señorita Gamard tiene siempre un ojo en mis habitaciones. No recuerdo en diez años haber llamado nunca dos veces para pedir cualquier cosa. ¡Esto es vivir! Que no tenga uno que buscar nada, ni siquiera sus zapatillas. Encontrar siempre buena lumbre, buena mesa. En fin, el fuelle que tenía para mi uso me impacientaba; estaba obstruido. No me quejé dos veces. Al siguiente día la señorita Gamard me dio un fuelle precioso y ese par de tenazas con que me ve usted atizar el fuego.

Birotteau, por toda respuesta, decía:

—¡Oliendo a lirio!

Este oliendo a lirio le impresionaba constantemente. Las palabras del canónigo revelaban una dicha fantástica para el pobre vicario, descontento de sus alzacuellos y sus albas; porque él carecía de orden, y con frecuencia se olvidaba hasta de encargar su comida. De modo que, ya durante la cuestación, ya al decir misa, si veía a la señorita Gamard en Saint-Gatien, nunca dejaba de dirigirle una mirada dulce y benévola, como pudieran ser las que Santa Teresa elevaba al cielo.

¡El bienestar que desea toda criatura, y con el cual había él soñado tanto, se le logró! Como es difícil para todo el mundo, incluso para un eclesiástico, vivir sin un capricho, hacía ahora diez y ocho meses que el abate Birotteau había reemplazado sus dos pasiones satisfechas con el deseo de una canonjía. El título de canónigo había llegado a ser para él lo que debe de ser la pairía para un ministro plebeyo. Así, pues, la probabilidad de su nombramiento, las esperanzas que se le acababan de dar en casa de la señora Listomère le absorbían la atención de tal modo que hasta llegar a casa no se acordó de que había dejado su paraguas en la tertulia. A no ser por la lluvia, que entonces caía a torrentes, acaso no lo habría recordado: tanto le embargaba el placer con que se repetía para sí mismo todo lo que le habían dicho a propósito de su promoción las personas de la tertulia de la señora de Listomère, vieja dama en cuya casa pasaba la velada los miércoles. El vicario llamó vivamente, como para indicar a la criada que no le hiciese esperar. Luego se arrinconó en el quicio de la puerta para mojarse lo menos posible; pero el agua que caía del techo cayó precisamente sobre la punta de sus zapatos, y el viento le trajo golpes de lluvia bastante parecidos a duchas. Después de haber calculado el tiempo que hacía falta para salir de la cocina y venir a tirar del cordón colocado bajo la puerta, volvió a llamar con un repiqueteo muy significativo.

—No pueden haber salido —se dijo al no oír ningún movimiento en el interior.

Y por tercera vez volvió a su campanilleo, que resonó tan agriamente en la casa y fue tan bien repetido por todos los ecos de la catedral, que a tan desmandado estrépito era imposible no despertarse. Instantes después oyó, no sin placer, mezclado de mal humor, los zapatos de la sirvienta, que resonaban en el piso guijarroso. Sin embargo, no acabaron las molestias del gotoso tan pronto como él se figuraba. En vez de tirar del cordón, Mariana tuvo que abrir con la enorme llave y descorrer los cerrojos.

—¿Cómo me deja usted llamar tres veces con semejante tiempo? —dijo.

—Ya ve, señor, que la puerta estaba cerrada. Todo el mundo se ha acostado hace tiempo; ya han dado las once menos cuarto. La señorita habrá creído que no había usted salido.

—Pero usted sí me ha visto salir. Por lo demás, la señorita sabe demasiado que voy a casa de la señorita de Listomère los miércoles.

—Palabra, señor; he hecho lo que la señorita me ha mandado —respondió Mariana cerrando la puerta.

Estas palabras produjeron al abate Birotteau una sensación tanto más dolorosa cuanto que sus ensueños le habían hecho completamente feliz. Calló y siguió a Mariana a la cocina para coger su palmatoria, suponiendo que estaría allí; pero en vez de entrar en la cocina, Mariana condujo al abate a sus habitaciones, donde él vio la palmatoria en una mesa que se encontraba a la puerta del salón rojo, en una especie de antecámara formada por el rellano de la escalera, al cual el difunto canónigo había adaptado una gran vidriera. Mudo de sorpresa, entró rápidamente en su habitación; no vio fuego en la chimenea y llamó a Mariana, que todavía no había tenido tiempo de bajar.

—¿No ha encendido usted el fuego? —dijo.

—Perdón, señor abate —respondió ella—. Se habrá apagado.

Birotteau miró de nuevo y confirmó que la chimenea estaba cubierta desde por la mañana.

—Necesito secarme los pies —continuó—; enciéndame lumbre.

Mariana obedeció con la prontitud de una persona que tiene ganas de dormir. El abate, mientras buscaba por sí mismo sus zapatillas, que no se hallaban en medio de la alfombra de la cama, como habían estado siempre, hizo sobre la manera como estaba vestida Mariana ciertas observaciones demostrativas de que la muchacha no salía de la cama, como le había dicho. Entonces recordó que desde hacía quince días se venían suprimiendo todas aquellas menudas atenciones que durante diez y ocho meses le habían hecho la vida tan dulce de llevar. Y como la naturaleza de los espíritus estrechos los induce a adivinar las minucias, se entregó de pronto a profundas reflexiones sobre aquellos cuatro acontecimientos, imperceptibles para cualquier otro, pero que para él constituían cuatro catástrofes. Tratábase evidentemente de la pérdida entera de su dicha en el olvido de las zapatillas, en la mentira de Mariana respecto del fuego, en el insólito traslado de la palmatoria a la mesa de la antecámara, en la estación forzosa que se le había impuesto, bajo la lluvia, en el umbral de la puerta.

Cuando brilló la llama de la chimenea, cuando la lámpara estuvo encendida, cuando Mariana hubo salido sin preguntarle como antes: «¿No necesita el señor ninguna otra cosa?», el abate Birotteau se dejó dulcemente caer en la bella y amplia poltrona de su difunto amigo; pero el movimiento con que se dejó caer tuvo algo de triste. El buen señor estaba abrumado por el presentimiento de una desgracia espantosa. Sus ojos se volvieron sucesivamente hacia el hermoso reloj de pared, hacia la cómoda, hacia los asientos, las cortinas, las alfombras, la cama en forma de tumba, la pila del agua bendita, el crucifijo; hacia una Virgen del Valentín, hacia un Cristo de Lebrun; en fin, hacia todos los accesorios de la estancia, y la expresión de su fisonomía reveló los dolores del más tierno adiós que un amante haya dado jamás a su primera querida o un anciano a los últimos árboles que plantó. El vicario acababa de reconocer —un poco tarde, en verdad— las señales de una persecución sorda ejercida contra él desde hacía unos tres meses por la señorita Gamard, cuyas malas intenciones habrían sido, sin duda, más prontamente adivinadas por un hombre avisado. ¿No tienen todas las solteronas un especial talento para acentuar sus actos y las palabras que el odio les sugiere? Arañan del mismo modo que los gatos. Además, no sólo hieren, sino que experimentan el placer de herir y de hacer ver a su víctima que son ellas quienes la han herido. Mientras un hombre de mundo no se hubiese dejado garrafiñar dos veces, el abate Birotteau necesitaba que le diesen varias patadas en el rostro para creer en una intención maligna.

Inmediatamente, con esa sagacidad inquisidora que contraen los presbíteros habituados a dirigir las conciencias y a escudriñar naderías en el fondo del confesonario, el abate Birotteau se puso a establecer, como si se tratase de una controversia religiosa, la proposición siguiente:

—Admitiendo que la señorita Gamard no haya pensado en la velada de la señora Listomère; que Mariana se haya olvidado de encender el fuego; que se me haya creído de regreso en mis habitaciones; teniendo en cuenta que yo bajé esta mañana, ¡yo mismo!, ¡¡mi palmatoria!!, es imposible que la señorita Gamard, viéndola en el salón, haya podido suponerme acostado. Ergo la señorita Gamard ha querido dejarme a la puerta bajo la lluvia, y al mandar que subiesen la palmatoria a mis habitaciones ha tenido la intención de indicarme… ¿el qué? —dijo en voz alta, arrebatado por la gravedad de las circunstancias y levantándose para quitarse los hábitos mojados, coger su bata y ponerse su gorro de dormir.

Luego anduvo de su lecho a la chimenea, gesticulando y profiriendo en tonos diferentes las siguientes frases, todas terminadas con una voz de falsete, que reemplazaba a las interjecciones:

—¿Qué diablos le he hecho? ¿Por qué me quiere mal? ¡Mariana no ha debido olvidarse de mi lumbre! ¡La señorita es quien le habrá dicho que no la encienda! Habría que ser un niño para darse cuenta, dado el tono y las maneras que usa conmigo, de que he tenido la desgracia de disgustarla. ¡Nunca le ocurrió cosa parecida a Chapeloud! Me será imposible vivir en medio de los tormentos que... ¡A mi edad!...

Se acostó con la esperanza de esclarecer al siguiente día la causa del odio que destruía para siempre aquella dicha de que había disfrutado durante dos años, después de haberla deseado tanto tiempo. ¡Ay! Los secretos motivos del sentimiento que había inspirado a la señorita Gamard habían de serle eternamente desconocidos, no porque fuesen difíciles de adivinar, sino porque el pobre carecía de esa buena fe con que las almas grandes y los bribones saben reaccionar por sí mismos y juzgarse. Un hombre de talento o un intrigante se dicen: «Me he equivocado». El interés y el talento son los únicos consejeros conscientes y lúcidos. Y el abate Birotteau, cuya bondad llegaba hasta la tontería, que sólo había podido adquirir a fuerza de trabajo un baño de instrucción, que no tenía experiencia del mundo ni de sus costumbres y que vivía entre la misa y el confesonario, muy ocupado en decidir los más leves casos de conciencia en su calidad de confesor de los colegios de la ciudad y de algunas almas puras que le apreciaban, podía ser considerado como un niño grande, ajeno a la mayor parte de las prácticas sociales. Lo que insensiblemente se había desarrollado en él, sin que él se diese cuenta, era el egoísmo propio de todas las criaturas humanas, reforzado por el peculiar egoísmo del presbítero y el de la vida estrecha que se lleva en provincias. Si alguien se hubiese podido tomar interés en escudriñar el alma del vicario para demostrarle que en los pormenores infinitamente pequeños de su existencia y en los mínimos deberes de su vida privada carecía esencialmente de aquella abnegación que él creía profesar, se habría castigado a sí mismo y se habría mortificado de buena fe. Pero aquellos a quienes ofendemos, aunque sea inconscientemente, no nos tienen en cuenta nuestra inocencia; quieren y saben vengarse. Así, Birotteau, pese a su debilidad, hubo de someterse a los rigores de esa gran justicia distributiva que encarga al mundo la ejecución de sus sentencias, llamadas por algunos cándidos las desgracias de la vida.

Entre el difunto Chapeloud y el vicario hubo la diferencia de que aquél era un egoísta diestro y espiritual, y el otro un claro y torpe egoísta. Cuando el abate Chapeloud se hospedó en casa de la señorita Gamard, supo juzgar perfectamente el carácter de la patrona. El confesonario le había enseñado a conocer cómo llena de amargura el corazón de una solterona la desventura de verse fuera de la sociedad; y así calculó hábilmente su conducta para con la señorita Gamard. No tenía ella entonces más que treinta y ocho años y conservaba algunas de sus pretensiones, que en las personas de su situación suelen luego convertirse en una alta estimación de sí mismas. El canónigo comprendió que para vivir bien en casa de la señorita Gamard debía guardarle siempre las mismas atenciones y los mismos cuidados, ser más infalible que el Papa. Para obtener este resultado, no dejó establecerse entre ella y él sino los puntos de contacto estrictamente ordenados por la buena crianza y los que necesariamente existen entre dos personas que viven bajo el mismo techo. Aunque el abate Troubert y él hacían regularmente tres comidas diarias, él se había abstenido de tomar el desayuno en común, acostumbrando a la señorita Gamard a que le enviase a la cama una taza de café con leche. Además, había evitado los enojos de la cena tomando todas las tardes el té en las casas donde solía pasar las veladas. De esta suerte, rara vez veía a su patrona más que a la hora del almuerzo; pero todos los días llegaba un poco antes de la hora señalada. Durante esta especie de visita de cumplimiento le dirigió, durante los doce años que vivió bajo su techo, las mismas preguntas y recibió de ella las mismas respuestas. La manera como había pasado la noche la señorita Gamard, su desayuno, sus menudas novedades domésticas, el aspecto de su cara, la higiene de su persona, el tiempo que hacía, la duración de los oficios, los incidentes de la misa, y, en fin, la salud de tal o cual sacerdote, hacían los gastos de esta conversación periódica. Durante la comida, procedía siempre por halagos indirectos, pasando sin cesar de la calidad de un pescado, del buen gusto de los condimentos o de las excelencias de una salsa a las excelencias de la señorita Gamard y a sus virtudes de ama de casa. Estaba seguro de halagar todas las vanidades de la solterona exaltando el arte con que estaban hechos o preparados sus confituras, sus pepinillos, sus conservas, sus pasteles y demás invenciones gastronómicas. Por último, jamás el astuto canónigo salió del salón amarillo de su hospedera sin decir que en ninguna casa de Tours se tomaba un café tan bueno como el que acababa de saborear. Gracias a esta acabada inteligencia del carácter de la señorita Gamard y a esta ciencia de la vida, profesada durante doce años por el canónigo, no hubo nunca entre ellos ocasión de discutir el menor punto de disciplina interior. El abate Chapeloud había empezado por reconocer los ángulos, las dificultades y las asperezas de la solterona y reglamentado la acción de las tangencias inevitables entre ambos, a fin de obtener de ella todas las concesiones necesarias para la dicha y la tranquilidad de su vida. Así, la señorita Gamard decía que el abate Chapeloud era un hombre amabilísimo, fácil de complacer y muy inteligente. En cuanto al abate Troubert, la devota no decía absolutamente nada. Ajustado completamente al compás de su vida, como un satélite a la órbita de su planeta, Troubert era para ella algo así como criatura intermedia entre los individuos de la especie humana y los de la raza canina: le tenía clasificado en su corazón inmediatamente delante del lugar destinado a sus amigos y el ocupado por un perro carlín gordo y asmático al cual amaba tiernamente; le gobernaba por entero, y la promiscuidad de sus intereses llegó a ser tal, que muchas de las amistades de la señorita Gamard pensaban que el abate Troubert tenía puestos los puntos a la fortuna de la solterona, se la atraía insensiblemente con una continua paciencia y la dirigía tanto mejor cuanto que aparentaba obedecerla, sin dejar que se le adivinase el más ligero deseo de dominarla.

Cuando murió el abate Chapeloud, la solterona, que deseaba un huésped de costumbres dulces, pensó, naturalmente, en el vicario. No era todavía conocido el testamento del canónigo, y la señorita Gamard proyectaba ceder el alojamiento del difunto a su buen abate Troubert, a quien creía muy mal situado en el piso bajo. Pero cuando el abate Birotteau fue a estipular con ella las condiciones del contrato de su pupilaje, le vio tan apasionado por aquella vivienda, por la cual había tanto tiempo alimentado deseos cuya violencia ahora ya podía confesar, que no se atrevió a proponerle un cambio y pospuso el afecto a las exigencias del interés. Para consolar a su bien amado canónigo la señorita Gamard le puso, en vez del piso de anchas baldosas de Chateau-Regnaud, un entarimado de madera de Hungría y le reconstruyó una chimenea que dejaba escapar el humo.

Durante doce años había tratado el abate Birotteau a su amigo Chapeloud sin que nunca se le ocurriese investigar de qué procedía la extremada circunspección de sus relaciones con la señorita Gamard. Al instalarse en la casa de aquella santa mujer se encontraba en la situación de un amante en el momento de ser dichoso. Aunque no hubiese ya sido naturalmente ciego de inteligencia, tenía los ojos demasiado deslumbrados por la felicidad para que le fuese posible juzgar a la señorita Gamard y reflexionar sobre la medida a que debían ajustarse sus relaciones diarias con ella. La señorita Gamard, vista de lejos y a través del prisma de las dichas naturales que el vicario soñaba gustar a su lado, le parecía una criatura perfecta, una cumplida cristiana, una persona esencialmente caritativa, la mujer del Evangelio, la virgen prudente adornada de todas esas virtudes humildes y modestas que dan a la vida un perfume celeste. Así, pues, con todo el entusiasmo de hombre que llega a su objeto, mucho tiempo deseado, con el candor de un niño y el inocente aturdimiento de un viejo sin experiencia mundana, entró en la vida de la señorita Gamard como se enreda una mosca en la tela de una araña. Y el primer día en que fue a comer y a dormir en casa de la solterona permaneció en el salón, retenido, no sólo por el deseo de entablar conocimiento con ella, sino también por ese inexplicable embarazo que embarga frecuentemente a las personas tímidas y les hace temer que cometerán una descortesía si interrumpen una conversación para marcharse. Estuvo, pues, en el salón toda la velada. Otra solterona amiga de Birotteau, la señorita Salomón de Villenoix, fue por la noche. La señorita Gamard tuvo entonces la alegría de organizar en su casa una partida de boston. El vicario consideró, al acostarse, que había pasado una noche agradabilísima. Como no conocía sino muy a la ligera a la señorita Gamard y al abate Troubert, sólo observó la superficie de sus caracteres. Pocas personas muestran desde el principio sus defectos al desnudo. Generalmente cada cual trata de darse una apariencia atractiva. El abate Birotteau concibió, pues, el seductor proyecto de consagrar sus veladas a la señorita Gamard, en vez de ir a pasarlas fuera de casa. La hospedera venía acariciando desde hacía años un deseo que cada día se hacía más fuerte. Este deseo, propio de viejos y aun de mujeres hermosas, se había convertido en ella en una pasión semejante a la de Birotteau por la habitación de su amigo Chapeloud y se alimentaba en el corazón de la solterona de los sentimientos de orgullo y egoísmo, de envidia y vanidad que preexisten en las gentes de mundo. Esto es de todos los tiempos: basta ensanchar un poco el estrecho círculo de nuestros personajes para encontrar la razón de los acontecimientos que sobrevienen en las esferas más elevadas de la sociedad. La señorita Gamard pasaba alternativamente las veladas en seis u ocho casas diferentes. Ya porque lamentase tener que buscar a la gente y se creyese con derecho, a su edad, de exigir alguna correspondencia, ya porque el no tener sociedad propia le pareciese humillante, ya, en fin, porque su vanidad ambicionase los cumplimientos y las satisfacciones de que veía gozar a sus amigas, toda su ansia consistía en que su salón se transformase en punto de una reunión hacia la cual se dirigiesen algunas noches unas cuantas personas con placer. Cuando Birotteau y su amiga la señorita Salomón llevaban pasadas algunas veladas en su casa en compañía del fiel y paciente abate Troubert, una tarde, al salir de Saint-Gatien, la señorita Gamard dijo a sus buenos amigos, de quienes hasta entonces se había considerado una esclava, que las personas que quisieran verla podían ir una vez por semana a su casa, donde se reunían un número de amigos suficiente para una partida de boston; que ella no podía dejar solo al abate Birotteau, su nuevo pupilo; que la señorita Salomón no había faltado ni una noche en toda la semana; que ella se debía a sus amigos, y que…, y que…, etc., etc. Sus palabras fueron tanto más humildemente altivas y abundantemente almibaradas cuanto que la señorita Salomón de Villenoix pertenecía a la sociedad más aristocrática de Tours. Aunque la señorita Salomón había ido únicamente por amistad con el vicario, la señorita Gamard miraba como un triunfo el tenerla en su salón; y así, gracias al abate, se vio a punto de realizar su gran designio de formar un círculo que pudiese llegar a ser tan numeroso y tan agradable como los de la señora de Listomère, la señorita Merlin de la Blottière y otras devotas capacitadas para recibir a la sociedad piadosa de Tours. Mas, ¡ay!, que el abate Birotteau hizo abortar las esperanzas de la señorita Gamard. Si todos los que en su vida han conseguido disfrutar de una dicha largamente deseada han comprendido la alegría que tuvo el vicario al acostarse en el lecho de Chapeloud, también habrán de concebir una ligera idea del disgusto que la señorita Gamard sufrió al ver por tierra su plan favorito. Después de seis meses de haber aceptado su dicha con bastante paciencia, el abate desertó, arrastrando consigo a la señorita Salomón. A pesar de sus inauditos esfuerzos, la ambiciosa Gamard apenas había reclutado cinco o seis personas, cuya asiduidad fue muy problemática, y por lo menos hacían falta cuatro individuos fieles para constituir un boston. Tuvo, pues, que darse por vencida y volver a casa de sus antiguas amistades, porque las solteronas se encuentran en demasiada mala compañía consigo mismas para no buscar los equívocos placeres de la sociedad. La causa de esta deserción es fácil de comprender. Aunque el vicario fuese uno de aquellos a quienes un día corresponderá el paraíso en virtud de la sentencia que dice ¡Bienaventurados los pobres de espíritu!, no podía, como muchos tontos, soportar el fastidio que los demás tontos le causaban. Las personas sin ingenio se parecen a las malas hierbas, que gustan de los buenos terrenos, y quieren que se las distraiga porque se aburren a sí mismas. La encarnación del hastío de que son víctimas, unida a la necesidad que experimentan de divorciarse de sí mismas, les produce esa pasión por el movimiento, esa necesidad de estar donde no están, que las distingue, como distingue también a los seres desprovistos de sensibilidad, a los que han fracasado y a los que sufren por su culpa. Sin sondar demasiado en la vacuidad, en la nulidad de la señorita Gamard, sin explicarse tampoco la pequeñez de sus ideas, el pobre abate Birotteau advirtió, un poco tarde, para su desgracia, los defectos que tenía, unos comunes a todas las solteronas y otros suyos peculiares. Lo malo, en los demás, resalta tan vigorosamente sobre lo bueno, que nos llama la atención antes de que nos lo expliquemos. Este fenómeno moral podría justificar nuestra mayor o menor inclinación a la maledicencia. Es tan natural, socialmente hablando, burlarse de las imperfecciones ajenas, que deberíamos perdonar la murmuración que nuestras cosas ridículas autorizan, y no asombrarnos sino ante la calumnia. Pero los ojos del buen vicario no tenían esa finura óptica que permite a las gentes de mundo ver y evitar prontamente las asperezas del vecino; para reconocer los defectos de su hospedera tuvo, pues, que sufrir la advertencia que da la Naturaleza a todas sus creaciones: ¡el dolor! Las solteronas que no se han visto obligadas a plegar su carácter y su vida a otras vidas y otros caracteres, como exige el destino de la mujer, suelen tener la manía de querer que todo se les someta en derredor suyo. Este sentimiento en la señorita Gamard degeneraba en despotismo; pero este despotismo no podía ejercerse sino en cosas menudas. Así, entro mil ejemplos, el cesto de las fichas colocado en la mesa de boston para el abate Birotteau había de permanecer en el sitio en que ella lo había puesto, y el abate la contrariaba vivamente cambiándolo de lugar, lo cual ocurría todas las noches. ¿De qué procedía esta susceptibilidad aplicada a naderías y cuál era su objeto? Nadie hubiera podido decirlo, ni la misma señorita Gamard lo sabía. Aunque de natural pacientísimo, al nuevo huésped le desagradaba, como a las ovejas mismas, sentir con demasiada frecuencia el cayado, sobre todo si el cayado está erizado de pinchos. Sin explicarse la alta tolerancia del abate Troubert, Birotteau quiso sustraerse a la felicidad que la señorita Gamard pretendía aderezarle a su manera, y que ella creía tan aceptable como sus confituras; pero el infeliz, a causa de la simplicidad de su carácter, lo intentó muy torpemente. La separación no se hizo, pues, sin tiranteces y picoterías, a las cuales el abate Birotteau procuró mostrarse insensible.

Al expirar el primer año de su estancia bajo el techo de la señorita Gamard el vicario había vuelto a sus antiguas costumbres, yendo a pasar dos noches por semana en casa de la señora de Listomère, tres en casa de la señorita Salomón y las otras dos a casa de la señorita Merlin de la Blottière. Estas señoritas pertenecían a la parte aristocrática de la sociedad de Tours, donde la señorita Gamard no era admitida. La hospedera se sintió, por consiguiente, vivamente ultrajada por el abandono del abate Birotteau, que le hacía darse cuenta de su poco mérito: toda elección implica un menosprecio para la cosa rechazada.

—Al señor Birotteau no le hemos parecido bastante agradables —dijo el abate Troubert a los amigos de la señorita Gamard cuando ésta tuvo que renunciar a sus reuniones—. ¡Es un hombre espiritual, un exquisito! Necesita gentes brillantes, lujo, conversaciones ingenuas, murmuraciones de la sociedad.

Estas palabras daban siempre pie a la señorita Gamard para justificar, a costa de Birotteau, las excelencias de su carácter.

—No tiene tanto ingenio —decía—. A no ser por el abate Chapeloud, nunca le habrían recibido en casa de la señora de Listomère. ¡Oh, cuánto perdí yo con la muerte del abate Chapeloud! ¡Qué hombre tan amable, tan tratable! En doce años no tuve con él la menor dificultad ni el menor desacuerdo.

La señorita Gamard hizo del abate Birotteau un retrato tan poco halagador, que su inocente pupilo pasó entre la sociedad burguesa, secretamente enemiga de la sociedad aristocrática, por un hombre esencialmente dificultoso y arisco. Además, durante algunas semanas, la solterona se complació en dejarse compadecer por sus amigas, que, sin pensar una palabra de las que pronunciaban, no cesaban de repetir: «¿Cómo siendo tan dulce y tan buena ha podido usted inspirar repugnancia?» O bien: «Consuélese, querida señorita Gamard, es usted tan bien conocida, que…», etc.

Pero, encantadas de evitarse una reunión semanal en el Claustro, el paraje más desierto, el más sombrío y el más alejado del centro de cuantos hay en Tours, todas bendecían al vicario.

Entre las personas que siempre están viéndose, el odio y el amor aumentan incesantemente: siempre se encuentran razones para odiarse o amarse más. Así es que el abate Birotteau acabó por hacerse insoportable a la señorita Gamard.

Diez y ocho meses después de haberle admitido como huésped, cuando el buen señor creía ver en el silencio del odio la paz de la satisfacción y se felicitaba por haber sabido tan hábilmente librarse de la solterona, ella le hizo objeto de una persecución sorda y de una venganza fríamente calculada. Las cuatro circunstancias capitales de la puerta cerrada, las zapatillas olvidadas, la falta de fuego y el traslado de la palmatoria eran lo único que podía revelarle aquella enemistad terrible, cuyas últimas consecuencias no habían de herirle hasta el momento en que fuesen irreparables. Ya medio dormido, el buen vicario profundizaba, aunque inútilmente, en su cerebro, hasta llegar, bien pronto por cierto, al fondo, para explicarse la conducta singularmente desatenta de la señorita Gamard. Como, en efecto, había obrado en pura lógica al obedecer a las leyes naturales de su egoísmo, le era imposible adivinar qué errores hubiera podido cometer respecto de su patrona. Si las cosas grandes son sencillas y fáciles de explicar, las menudencias de la vida exigen muchos pormenores. Los acontecimientos que, en cierto modo, constituyen el proscenio de este drama burgués, pero en los cuales aparecen las pasiones tan violentas como si fuesen excitadas por grandes intereses, requerían esta larga introducción: a un historiador exacto le habría sido difícil condensar más sus minuciosos desenvolvimientos.

En la mañana del siguiente día, al despertarse, Birotteau pensó tan intensamente en su canonjía que no recordó siquiera las cuatro circunstancias que la víspera le habían dejado entrever los siniestros presagios de un porvenir preñado de desventuras. Como no era hombre capaz de levantarse sin lumbre, llamó para que Mariana supiese que estaba despierto y viniera a su habitación; luego quedó, como de costumbre, sumergido en desvaríos soñolientos, durante los cuales acostumbraba la sirvienta, al encender la chimenea, a despertarle dulcemente con el ronroneo de sus interpelaciones y de sus idas y venidas, especie de música que le gustaba. Transcurrió media hora sin que Mariana apareciese. El vicario medio canónigo iba a llamar de nuevo, cuando soltó el cordón de la campanilla al oír el ruido de unos zapatos de hombre en la escalera. Efectivamente, el abate Troubert, después de llamar discretamente a la puerta, entró, invitado por Birotteau. Aquella visita, que los dos abates se hacían mutuamente una vez al mes, no sorprendió al vicario. El canónigo se mostró sorprendido desde el primer instante de que Mariana no hubiese todavía encendido la lumbre de su casi colega. Abrió una ventana, llamó a Mariana con ruda voz, la mandó que subiese al cuarto de Birotteau; después, volviéndose hacia su compañero, dijo:

—Si la señorita supiese que Mariana no le ha encendido a usted la chimenea, la gruñiría.

Pronunciada esta frase, se interesó por el estado de salud de Birotteau y le preguntó con voz muy dulce si tenía noticias recientes que le permitiesen esperar su próximo nombramiento de canónigo. El vicario le explicó sus gestiones y le dijo candorosamente quiénes eran las personas acerca de las cuales actuaba la señora de Listomère, ignorando que Troubert no había nunca podido perdonar a aquella señora que no le admitiese en su casa a él, al abate Troubert, dos veces ya indicado para ser vicario general de la diócesis.

Era imposible hallar dos personas que ofreciesen tantos contrastes como las de ambos abates: Troubert, alto y seco, tenía un tinte amarillo y bilioso, mientras que el vicario era lo que familiarmente se llama regordete. Redondo y colorado, la cara de Birotteau revelaba una bondad sin ideas, en tanto que la de Troubert, larga y surcada por profundas arrugas, adquiría en ciertos momentos una expresión llena de ironía o de desdén; pero había que examinarla, sin embargo, con atención, para descubrir en ella estos dos sentimientos. Habitualmente, el canónigo permanecía en una calma perpetua, casi siempre con los párpados caídos sobre los enrojecidos ojos, que cuando él quería miraban de un modo claro y penetrante. Rojos cabellos completaban esta sombría fisonomía, siempre obscurecida por el velo que las graves meditaciones echaban sobre sus rasgos. Algunas personas habían podido creerle absorbido por una alta y profunda ambición; pero las que mejor pretendían conocerle acabaron por destruir esa opinión, mostrándole como idiotizado por el despotismo de la señorita Gamard o fatigado por el exceso de ayunos. Hablaba pocas veces y no reía nunca. Cuando algo le conmovía agradablemente escapábasele una débil sonrisa que se perdía entre los pliegues de su rostro. Birotteau era, por el contrario, todo expresión, todo franqueza; gustaba de las buenas tajadas y disfrutaba con cualquier fruslería con la sencillez de un hombre sin hiel y sin malicia. El abate Troubert producía al primer golpe de vista un sentimiento de terror involuntario, mientras que el vicario arrancaba a quienes le miraban una dulce sonrisa. Cuando el gigantesco canónigo paseaba por las arcadas y las naves de Saint-Gatien, inclinada la frente, severa la mirada, causaba respeto; su figura encorvada estaba en armonía con los amarillentos arcos de las bóvedas; los pliegues de su sotana tenían algo de monumental, digno de la estatuaria. Pero el buen vicario circulaba por allí sin gravedad, correteaba, pataleaba, parecía que rodaba sobre sí mismo. Estos dos hombres tenían, no obstante, una semejanza. Así como el aspecto ambicioso de Troubert, al hacerle terrible, le había condenado al papel insignificante de simple canónigo, el carácter y el talante de Birotteau parecían amarrarle eternamente al vicariato de la catedral. Sin embargo, el abate Troubert, ya entrado en la cincuentena, había desvanecido con la mesura de su proceder la apariencia de una total falta de ambición, y con la vida completamente santa que llevaba, los temores que su sospechosa capacidad y su exterior terrible habían inspirado a sus superiores. Además, como desde hacía un año su salud se había alterado gravemente, parecía probable su elevación al vicariato general del arzobispado. Sus mismos competidores deseaban que se le nombrase, a fin de poder prepararse mejor durante los pocos días que podía concederle su enfermedad crónica. Lejos de ofrecer las mismas esperanzas, la triple barbilla de Birotteau presentaba a los contrincantes que le disputaban el canonicato los síntomas de una salud floreciente y su gota les parecía, según el proverbio, una garantía de longevidad. El abate Chapeloud, hombre de un gran sentido y que, dada su amabilidad, había sido siempre muy buscado por las gentes que gustan de las compañías agradables y por los diferentes jefes de la metrópoli, se había opuesto siempre, pero secretamente y con mucho ingenio, a la elevación del abate Troubert; hasta le había, muy hábilmente, impedido el acceso a todos los salones en que se reunía la mejor sociedad de Tours, y eso que Troubert le había tratado siempre con gran respeto, demostrándole en toda ocasión la más alta deferencia. Esta constante sumisión no había podido cambiar la opinión del difunto canónigo, el cual, durante su último paseo, todavía decía a Birotteau:

—Desconfíe usted de ese larguirucho de Troubert. Es Sixto V reducido a las proporciones del obispado.

Tal era el amigo, el comensal de la señorita Gamard, el que venía a visitar y a dar pruebas amistosas al pobre Birotteau el día siguiente de haberle, por decirlo así, declarado la guerra.

—Hay que disculpar a Mariana —dijo el canónigo al verla entrar—. Creo que ha empezado por ir a mis habitaciones. Son muy húmedas y he tosido mucho toda la noche. Usted está aquí muy higiénicamente —añadió mirando a las cornisas.

—¡Oh! Estoy aquí como un canónigo —respondió Birotteau, sonriendo.

—Y yo, como un vicario —replicó el humilde presbítero.

—Sí; pero pronto se alojará usted en el Arzobispado —dijo el bueno de Birotteau, que deseaba que todo el mundo fuese feliz.

—¡Oh! O en el cementerio. ¡Pero cúmplase la voluntad de Dios!

Y Troubert alzó los ojos al cielo con un gesto de resignación.

—Venía —añadió— a rogarle que me preste el libro de Actas de los obispos. Nadie más que usted tiene en Tours esa obra.

—Cójala de mi biblioteca —respondió Birotteau, a quien la última frase del canónigo había hecho recordar todos los goces de la vida.

El enorme canónigo entró en la biblioteca y allí permaneció mientras el vicario se vestía. Pronto sonó la campanada del desayuno, y el gotoso, pensando que a no ser por la visita de Troubert no habría tenido lumbre al levantarse, se dijo:

—¡Es un buen hombre!

Los dos presbíteros bajaron juntos, armados de sendos infolios, que colocaron sobre una de las consolas del comedor.

—¿Qué es eso? —preguntó con voz agria la señorita Gamard, dirigiéndose a Birotteau—. Supongo que no irá usted a llenarme de libracos el comedor.

—Son libros que necesito —respondió el abate Troubert—. El señor vicario ha tenido la bondad de prestármelos.

—Debí adivinarlo —dijo ella dejando escapar una sonrisa de desdén—. El señor Birotteau no puede leer esos libros tan grandes.

—¿Cómo está usted, señorita? —preguntó Birotteau con voz aflautada.

—No muy bien —respondió ella secamente—. Por culpa de usted me desperté anoche durante el primer sueño, y toda la noche ya he dormido mal.

Y, sentándose, la señorita Gamard añadió:

—Señores, se va a enfriar la leche.

Estupefacto al verse acogido con tal acritud por su patrona, cuando esperaba excusas, pero asustado, como les sucede a las personas tímidas ante la perspectiva de una discusión, sobre todo si son el objeto de ella, el pobre vicario se sentó en silencio. Luego, al advertir en el rostro de la señorita Gamard síntomas de mal humor, permaneció batallando con su razón, que le ordenaba no sufrir las desatenciones de la hospedera, mientras que su carácter le inducía a evitar una querella. Presa de esta angustia interior, Birotteau empezó por examinar seriamente las grandes sombras verdes pintadas en el recio hule que, por costumbre inmemorial, dejaba la señorita Gamard en la mesa durante el desayuno, sin preocuparse de los bordes rozados ni de las numerosas cicatrices de semejante cobertura. Los dos huéspedes estaban frente a frente, sentados en sillones de mimbre, a los extremos de la mesa, cuya cabecera ocupaba la patrona, que lo dominaba todo desde su silla, provista de almohadones y adosada a la estufa del comedor. Esta pieza y el salón común estaban situados en el piso bajo, debajo del dormitorio y el salón del abate Birotteau. Cuando el vicario hubo recibido de manos de la señorita Gamard la taza de café azucarado, sintió que le helaba el profundo silencio en que iba a realizar el acto, habitualmente tan alegre, de su desayuno. No atreviéndose a mirar ni la árida cara de Troubert, ni el rostro amenazador de la solterona, se volvió, por aparentar serenidad, al obeso doguillo que, echado en un almohadón junto a la estufa, nunca se movía porque siempre encontraba a su izquierda un platillo lleno de golosinas y a su derecha un tazón de agua clara.

—¡Qué, pequeño! —le dijo—. ¿Esperas tú café?

Este personaje, uno de los más importantes de la casa, pero poco molesto cuando dejaba de ladrar y cedía la palabra a su dueña, alzó hacia Birotteau los ojuelos, perdidos bajo los pliegues de su careta de grasa, y en seguida los cerró a lo cazurro. Para comprender el sufrimiento del pobre vicario es necesario decir que, dotado de una locuacidad vacua y sonora como el sonido que haría un globo si se le golpeara, pretendía, sin haber jamás podido dar a los médicos la razón de su creencia, que las palabras favorecen la digestión. La señorita Gamard, que compartía esta doctrina higiénica, nunca había dejado de hablar durante la comida, a pesar de su enfado; pero desde hacía varias mañanas el vicario venía empleando en balde su inteligencia en hacerle preguntas insidiosas a fin de desatar la lengua. Si los límites estrechos en que se encierra esta historia hubiesen permitido reproducir una sola de aquellas conversaciones, que casi siempre provocaban la sonrisa amarga y sardónica del abate Troubert, con ella habríamos ofrecido una acabada pintura de la vida beocia de los provincianos. Algunas personas de ingenio conocerían, no sin placer acaso, los extraños desenvolvimientos que el abate Birotteau y la señorita Gamard daban a sus opiniones personales sobre política, religión y literatura. No faltarían cosas cómicas que exponer: ya las razones que ambos tenían para dudar seriamente, en 1826, de la muerte de Napoleón, ya las conjeturas que les hacían creer en la existencia de Luis XVII, salvado en el hueco de un leño enorme. ¿Quién no habría reído oyéndoles establecer, con razones evidentemente suyas, que el rey de Francia disponía él solo de todos los impuestos, que las Cámaras se habían reunido para destruir el clero, que habían muerto más de trescientas mil personas en el cadalso durante la Revolución? Después hablaban de la Prensa sin conocer el nombre de los periódicos, sin tener la menor idea de lo que era este moderno instrumento. Por último, Birotteau escuchaba atentamente a la señorita Gamard cuando ella decía que un hombre alimentado con un huevo cada mañana debía morir infaliblemente al fin del año, y que eso ya se había visto; que comiendo durante varios días un panecillo tierno, sin beber, se curaba la ciática; que todos los obreros que habían trabajado en la demolición de la abadía de San Martín murieron en el espacio de seis meses; que cierto prefecto había hecho todo lo posible, bajo Bonaparte, por derribar las torres de Saint-Gatien; y otros mil cuentos absurdos.

Pero ahora Birotteau sentía su lengua muerta; se resignó, pues, a comer sin entablar conversación. Pronto encontró que aquel silencio era peligroso para su estómago y dijo audazmente:

—¡Vaya un café excelente!

Este acto de valor fue completamente inútil. Después de haber mirado al cielo por el exiguo espacio que separaba por encima del jardín a los dos negros arbotantes de Saint-Gatien, todavía tuvo el vicario ánimos para decir:

—Hoy hará mejor día que ayer…

A estas palabras, la señorita Gamard se contentó con echar la más graciosa de sus miradas al abate Troubert y volvió los ojos, impregnados de una severidad terrible, a Birotteau, el cual, afortunadamente, había bajado los suyos.

Ninguna criatura del género femenino era capaz como la señorita Sofía Gamard de encarnar la naturaleza elegíaca de la solterona; mas para pintar bien a un ser cuyo carácter presta inmenso interés a los pequeños acontecimientos de este drama y a la vida anterior de los personajes que en él son actores tal vez convenga resumir aquí las ideas cuya expresión se encuentra en la solterona: la vida habitual hace el alma, y el alma hace la fisonomía. Si todo, en la sociedad como en el mundo, ha de tener un fin, es indudable que hay aquí abajo algunas existencias cuyo objeto y utilidad son inexplicables. La moral y la economía política repelen igualmente al individuo que consume sin producir, que ocupa un lugar en la tierra sin esparcir en su derredor el mal ni el bien; porque el mal es, sin duda, un bien cuyos resultados no se manifiestan inmediatamente. Es raro que las solteronas no se coloquen por sí mismas en la clase de estos seres improductivos. Ahora bien: si la conciencia de su trabajo da al ser activo un sentimiento de satisfacción que le ayuda a soportar la vida, la certidumbre de vivir a costa ajena y de ser inútil debe producir un efecto contrario e inspirar al propio sujeto inerte el desprecio que despierta en los demás. Esta dura reprobación social es una de las causas que, sin darse cuenta las solteronas, contribuyen a poner en su alma el disgusto que expresa su rostro. Un prejuicio, en el cual hay quizá algo de verdad, lanza dondequiera, y en Francia más que en otras partes, un gran disfavor sobre la mujer con quien nadie ha querido compartir los bienes ni conllevar los males de la vida. Llega para las solteras una edad en que el mundo, con razón o sin ella, las condena al desdén de que son víctimas. Si son feas, la bondad de su carácter debía compensar las imperfecciones de la naturaleza; si bonitas, su desgracia ha debido fundarse en causas graves. No se sabe, entre unas y otras, cuales son más dignas de repulsa. Si su soltería ha sido razonada, si es un voto de independencia, ni los hombres ni las madres les perdonan el haber desmentido la abnegación de la mujer rehuyendo las pasiones que dan tanto atractivo a su sexo: renunciar a sus dolores es abdicar la poesía que hay en ellos, y no merecer ya los dulces consuelos a que una madre tiene siempre derecho indiscutible. Además, los sentimientos generosos, las cualidades exquisitas de la mujer, no se desarrollan más que por su constante ejercicio; permaneciendo soltera, una criatura del sexo femenino no es más que un contrasentido; egoísta y fría, causa horror. Esta sentencia implacable es, por desgracia, demasiado justa para que las solteronas ignoren sus motivos. Estas ideas germinan en su corazón tan naturalmente como los efectos de su triste vida se reproducen en sus facciones. De ahí que se marchiten, porque la constante expansión o la dicha, que esclarecen el rostro de las mujeres y dan gracia tan suave a sus movimientos, no han existido nunca en ellas. Luego se hacen ásperas y malhumoradas, porque un ser que ha errado su vocación es infeliz; sufre, y el sufrimiento engendra la malignidad. En efecto, antes de culparse a sí misma de su aislamiento, la solterona acusa durante mucho tiempo al mundo. De la acusación al deseo de venganza no hay más que un paso. Hasta su fealdad es un resultado necesario de su vida. Como nunca han sentido la necesidad de agradar, desconocen la elegancia y el buen gusto. No ven nada que no sean ellas mismas. Este sentimiento las lleva insensiblemente a escoger las cosas que les son cómodas, con detrimento de las que pueden ser agradables para los demás. Sin darse exacta cuenta de su desemejanza con las otras mujeres, por fin la notan y las hace sufrir. Los celos son un sentimiento indeleble en el corazón femenino. Las solteronas son, pues, celosas sin objeto, y no conocen sino las desventuras de la única pasión que los hombres perdonan al bello sexo, porque les halaga. Así, torturadas en todos sus deseos, obligadas a rehuir las expansiones de su naturaleza, las solteronas experimentan constantemente un malestar interior, al cual no se habitúan jamás. ¿No es duro en todas las edades, y sobre todo para la mujer, leer en los rostros un sentimiento de repulsión, cuando su destino es no despertar en los corazones que la rodean más que sensaciones amables? Por eso la mirada de una solterona es siempre oblicua, menos por modestia que por vergüenza y miedo. Esos seres no perdonan a la sociedad su falsa posición, porque no se la perdonan a sí mismos. Y es imposible que una persona en guerra perpetua consigo misma o en contradicción con la vida deje a las demás en paz y no envidie su dicha. Todo este mundo de ideas tristes se veía en los ojos grises y opacos de la señorita Gamard, y el ancho círculo negro que los rodeaba delataba los largos combates de su vida solitaria. Todas las arrugas de su rostro eran rectas. La contextura de su frente, de su cabeza y de sus mejillas tenía los caracteres de la rigidez y la sequedad. Sin el menor cuidado dejaba crecer los pelos grises de algunos lunares desparramados por su barbilla. Sus delgados labios cubrían apenas unos dientes demasiado largos y que no carecían de blancura. Morena, sus cabellos, antes negros, habían blanqueado, a causa de horribles jaquecas. Esta enfermedad la obligaba a llevar un postizo; pero como no sabía colocárselo con disimulo, frecuentemente dejaba pequeños intersticios entre el borde de su cofia y el cordón negro que sujetaba aquella semipeluca. Su traje, de tafetán en verano y de merino en invierno, era siempre de color carmelita. El cuello, siempre caído, dejaba ver la piel rojiza y tan artísticamente rayada como puede estarlo una hoja de encina mirada al trasluz. Su origen explicaba bien estas desgracias de conformación. Era hija de un tratante en maderas, especie de aldeano enriquecido. A los diez y seis años tal vez fue fresca y carnosa, pero no le quedaba ya ni rastro de la blancura de tez ni de los hermosos colores que se alababa de haber tenido. Sus carnes habían contraído ese tinte lívido bastante común en las devotas. De todas sus facciones, la nariz aquilina era la que más contribuía a expresar el despotismo de sus ideas, así como la forma plana de su frente delataba la estrechez de su espíritu. Sus movimientos tenían una rapidez chocante que excluía toda gracia, y sólo con verla sacar de su bolso el pañuelo para sonarse con gran ruido hubieseis adivinado su carácter y sus costumbres. De estatura bastante elevada, se mantenía siempre rígida, y justificaba la observación de un naturalista que ha explicado físicamente el andar de todas las solteronas pretendiendo que se les suelden las coyunturas. Andaba sin que el movimiento se distribuyese igualmente por toda su persona para producir esas graciosas ondulaciones tan atractivas en las mujeres: andaba como si fuese, por decirlo así, de una sola pieza, y a cada paso parecía surgir como la estatua del Comendador. En sus momentos de buen humor daba a entender, como todas las solteronas, que habría podido casarse; pero que, por fortuna, había advertido a tiempo la mala fe de su prometido, y así, sin saberlo, revelaba cómo se había sobrepuesto a su corazón su espíritu de cálculo.

Esta figura típica del género solterona se encuadraba muy bien en las grotescas invenciones de un papel lustroso representando paisajes japoneses, del cual estaban forradas las paredes del comedor. La señorita Gamard permanecía habitualmente en esta habitación, decorada con dos consolas y un barómetro. En el sitio elegido por cada abate había un pequeño cojín de tapicería desvaído de color. El salón común donde recibía era digno de ella. Será conocido sólo con decir que se llamaba el salón amarillo; las telas eran amarillas; los muebles, amarillos; sobre la chimenea, adornada por una luna con marco dorado, unos candelabros y un reloj de cristal despedían reflejos desagradables para la vista. En cuanto al alojamiento particular de la señorita Gamard, a nadie se había permitido entrar en él. Sólo se podía conjeturar que estaba lleno de esos trapos viejos, esos muebles usados, esa especie de harapos de que se rodean todas las solteronas, y a los cuales tienen tanto apego.

Tal era la persona destinada a ejercer la mayor influencia sobre los últimos días del abate Birotteau.

No pudiendo ejercer, como lo quiere la Naturaleza, la actividad propia de la mujer, y necesitando ejercerla de algún modo, la empleaba en las mezquinas intrigas, en los chismorreos provincianos y en las combinaciones egoístas de que acaban por ocuparse exclusivamente todas las solteronas. Birotteau, por su desgracia, había desarrollado en Sofía Gamard los únicos sentimientos que tan ruin criatura podía experimentar, los del odio, que, latentes hasta entonces a causa de la calma y la monotonía de una vida provinciana, cuyo horizonte se había estrechado aún más para ella, debían adquirir tanta más intensidad cuanto que iban a emplearse en cosas pequeñas en medio de una esfera minúscula. Birotteau era de esas personas predestinadas a sufrirlo todo, porque no sabiendo ver nada, nada saben evitar: todo cae sobre ellas.

—Sí, hará buen día —respondió al cabo de un momento el canónigo, que parecía salir de su abstracción con deseos de practicar las leyes de la cortesía.

Birotteau, asustado del tiempo transcurrido entre sus palabras y la contestación porque por primera vez en su vida había tomado el café sin hablar, salió del comedor, donde el corazón se le oprimía angustiosamente. Como la taza de café le pesaba en el estómago, se puso a discurrir tristemente por los angostos paseos bordeados de boj que dibujaban una estrella en el jardín. Pero al retornar, después de la primera vuelta, vio plantados silenciosamente en el umbral de la puerta del salón a la señorita Gamard y al abate Troubert; él, cruzado de brazos o inmóvil, como la estatua de una tumba; ella, apoyada en la puerta persiana. Los dos parecían, mirándole, contar el número de sus pasos. Nada más molesto para una criatura naturalmente tímida que ser objeto de un examen curioso; pero si este examen es hecho por los ojos del odio, la especie de sufrimiento que causa se convierte en martirio intolerable. El abate Birotteau imaginó en seguida que estaba impidiendo pasear a la señorita Gamard y al canónigo. Esta idea, inspirada juntamente por el temor y por la bondad, adquirió tales proporciones que lo hizo abandonar aquel sitio. Se fue, sin pensar ya en su canonjía: tan absorbido le tenía la tiranía desesperante de la solterona. Por acaso, y dichosamente para él, encontró muchas ocupaciones en Saint-Gatien: varios entierros, una boda y dos bautizos. Entonces pudo olvidar sus penas. Cuando el estómago le anunció la hora de comer, no dejó de estremecerse al mirar el reloj y ver que eran las cuatro y unos minutos. Conocía la puntualidad de la señorita Gamard, y se apresuró a volver a casa.

En la cocina vio los primeros platos ya vacíos. Luego, cuando llegó al comedor, la solterona le dijo con un tono en que se mezclaban la acritud de un reproche y la alegría de encontrar en falta al huésped:

—Son las cuatro y media, señor Birotteau. Ya sabe usted que no debemos esperar.

El vicario miró el reloj del comedor, y en la manera como estaba puesta la cubierta de gasa que le preservaba del polvo advirtió que su patrona le había dado cuerda durante la mañana, complaciéndose en adelantarle respecto del de Saint-Gatien. No había objeción posible. La expresión verbal de la sospecha concebida por el vicario habría causado la más terrible y la más justificada de las explosiones elocuentes que la señorita Gamard, como todas las mujeres de su clase, hacía surgir en tales casos. Las mil y una contrariedades que una criada puede hacer sufrir a su amo o una mujer a su marido en las costumbres privadas de la vida fueron estudiadas por la señorita Gamard para abrumar con ellas a su pupilo. La manera como ella se complacía en urdir conspiraciones contra la felicidad doméstica del pobre presbítero llevaba el sello del ingenio más profundamente maligno. Se las arregló de manera que nunca pareciera haber procedido sin razón.

Ocho días después del momento en que esta narración empieza, el modo de vivir en la casa y sus relaciones con la señorita Gamard revelaron al abate Birotteau una trama urdida seis meses antes. Mientras la solterona había ejercido su venganza sordamente y él había podido mantenerse voluntariamente en el error, negándose a creer en intenciones malévolas, la enfermedad moral no hizo en su espíritu grandes progresos. Pero desde aquello del traslado de la palmatoria y el adelantamiento del reloj, Birotteau no pudo ya dudar que vivía bajo el imperio de un odio cuyos ojos estaban siempre abiertos sobre él. Entonces llegó rápidamente a la desesperación, viendo a todas horas los dedos finos y crispados de la señorita Gamard prestos a clavarse en su corazón. Dichosa de vivir con un sentimiento tan fértil en emociones como el de la venganza, la solterona gozaba cerniéndose pesando sobre el vicario como un ave de rapiña se cierne y pesa sobre un musgaño antes de devorarle. Había concebido desde hacía tiempo un plan que el aturdido presbítero no podía adivinar, y que ella desarrolló sin tardanza, mostrando el talento que saben desplegar en las cosas menudas las personas solitarias cuya alma, inhábil para sentir las grandezas de la verdadera piedad, se consagra a las minucias de la devoción. ¡Última, pero horrible agravación de pena! La naturaleza de sus sinsabores privaba a Birotteau, hombre expansivo, a quien gustaba ser compadecido y consolado, de la pequeña dulzura de contárselos a sus amigos. El escaso tacto que tenía, y que debía a su timidez, lo hacía temer que se pondría en ridículo si se ocupaba de semejantes nonadas. Y, sin embargo, estas nonadas componían toda su existencia, su cara existencia llena de ocupaciones en el vacío y de vacío en las ocupaciones; vida opaca y gris, en que los sentimientos demasiado fuertes eran desgracias, en que la ausencia total de emociones era una felicidad. El paraíso del pobre presbítero se transformé, pues, súbitamente en el infierno. Al fin, sus sufrimientos llegaron a ser intolerables. El terror que le causaba la perspectiva de una explicación con la señorita Gamard aumentó de día en día, y la secreta desventura que laceraba las horas de su vejez alteró su salud. Una mañana, al ponerse sus medias azules, notó que la circunferencia de sus pantorrillas había menguado en ocho líneas. Estupefacto ante este síntoma, tan cruelmente irrecusable, resolvió hacer una tentativa cerca del abate Troubert para rogarle que interviniese oficialmente entre la señorita Gamard y él.

Al hallarse en presencia del imponente canónigo, que, para recibirle en una habitación desmantelada, dejó rápidamente el gabinete lleno de papeles en que trabajaba sin cesar, y donde no entraba nadie, el vicario casi tuvo vergüenza de hablar de las impertinencias de la señorita Gamard a un hombre que parecía tan seriamente ocupado. Mas luego de haber sufrido todas las angustias de esas deliberaciones interiores que las personas humildes, indecisas o débiles experimentan aun en las cosas sin importancia, se decidió, no sin extraordinarias palpitaciones de corazón, a explicar su situación al abate Troubert. El canónigo escuchó con un talante grave y frío, intentando, pero en vano, reprimir ciertas sonrisas que acaso hubieran revelado a ojos inteligentes las emociones de un contento íntimo. Una llamarada pareció escaparse de sus párpados cuando Birotteau le pintó, con la elocuencia que dan los sentimientos verdaderos, las constantes amarguras que devoraba; pero Troubert se puso la mano sobre los ojos, con un ademán bastante común en los pensadores, y conservó su actitud digna habitual. Cuando acabó de hablar el vicario trabajo le habría costado encontrar en el rostro de Troubert, jaspeado entonces de manchas más amarillas que las ordinarias en su tinte bilioso, algunas trazas de los sentimientos que habría debido excitar en el misterioso presbítero. Después de permanecer un momento silencioso, el canónigo dio una de aquellas respuestas suyas, en las cuales todas las palabras debían de haber sido estudiadas mucho tiempo para que su alcance fuese completamente mesurado, pero que más tarde probaban a la gente la sorprendente profundidad de su alma y la potencia de su espíritu. Abrumó a Birotteau diciéndole que aquellas cosas le sorprendían tanto más cuanto que él nunca las habría advertido a no confesárselas su hermano; atribuía esta falta de penetración a sus graves ocupaciones, a sus trabajos y a la tiranía de ciertos elevados pensamientos que no le permitían fijarse en los pormenores de la vida. Le hizo notar, pero sin que pareciese querer censurar la conducta de un hombre cuya edad y cuyos conocimientos merecían su respeto, que «antiguamente, los solitarios rara vez pensaban en su alimento ni en su abrigo, en el fondo de las tebaidas donde se entregaban a santas contemplaciones», y que «en nuestros días, el presbítero podía, con el pensamiento, hacerse dondequiera una tebaida». Luego, volviendo a Birotteau, añadió que «aquellas discusiones eran enteramente nuevas para él. Durante doce años, nada semejante había sucedido entre la señorita Gamard y el venerable abate Chapeloud». En cuanto a él, sin duda, añadió, podía hacerse árbitro entre el vicario y su hospedera, porque su amistad con ella no traspasaba los límites impuestos por la Iglesia a sus fieles servidores; pero en ese caso la justicia exigía que oyese también a la señorita Gamard. Que, por lo demás, él no había notado en ella cambio ninguno, que siempre la había visto así; que él se había sometido voluntariamente a algunos de sus caprichos sabiendo que aquella respetable señorita era la misma bondad, la dulzura misma; que se debía atribuir sus ligeros cambios de humor a los sufrimientos que le causaba una enfermedad del pecho de que no hablaba nunca y que sufría con cristiana resignación… Acabó diciendo el vicario que «con pocos años más que permaneciese al lado de la señorita Gamard sabría apreciarla mejor y reconocer los tesoros de su excelente carácter».

El abate Birotteau salió confuso. En la necesidad fatal en que se hallaba de no tomar consejo más que de sí mismo, juzgó a la señorita a su manera. Pensó el buen señor que ausentándose unos días se extinguiría, por falta de alimento, la inquina que le tenía aquella mujer. Resolvió, pues, ir, como hacía antes, a pasar unos días en una finca campestre a donde la señora de Listomère se trasladaba a fines de otoño, época en que, generalmente, el cielo de Turena es puro y dulce. ¡Pobre hombre! Precisamente satisfacía así las ansias secretas de su terrible enemiga, cuyos proyectos no podían ser contrariados sino con una paciencia de monje; pero como no adivinaba nada, como no conocía ni sus propios asuntos, debía sucumbir como sucumbe un cordero al primer golpe del carnicero.

Situada al borde de la carretera que une a la ciudad de Tours con las alturas de San Jorge, orientada al Mediodía, rodeada de rocas, la propiedad de la señora de Listomère ofrecía los atractivos del campo y todos los placeres de la ciudad. En efecto, no se empleaban más de diez minutos en llegar desde el puente de Tours a la puerta de aquella casa, llamada La Alondra: ventaja preciosa en un país donde nadie quiere molestarse por nada, ni para ir a divertirse. El abate Birotteau llevaba en La Alondra unos diez días cuando una mañana, al tomar el almuerzo, le dijo el portero que el señor Caron deseaba hablarle. El señor Caron era un abogado encargado de los asuntos de la señorita Gamard. Birotteau, que no lo recordaba, y que no tenía litigio alguno que resolver con nadie de este mundo, dejó la mesa y fue con cierta ansiedad en busca del abogado: lo encontró modestamente sentado en la balaustrada de la terraza.

—Como es evidente la intención que tiene usted de no alojarse ya en casa de la señorita Gamard… —comenzó diciendo el hombre de negocios.

—¡Cómo, señor! —exclamó el abate Birotteau—. Nunca he pensado dejarla.

—Sin embargo, señor —repuso el abogado—, es necesario que se haya usted explicado sobre esto con la señorita Gamard, puesto que me envía para saber si permanecerá usted mucho tiempo en el campo. Como en su contrato no está previsto el caso de una larga ausencia, esto puede ocasionar discusiones. Así, pues, pensando la señorita Gamard que su hospedaje…

—Caballero —dijo Birotteau, sorprendido y volviendo a interrumpir al abogado—, no creí que fuese necesario emplear procedimientos casi judiciales para…

—La señorita Gamard, que quiere prevenir toda dificultad —dijo el señor Caron—, me ha enviado para entenderme con usted.

—Pues bien; si tiene usted la bondad de volver mañana, yo consultaré por mi parte.

—Sea —dijo Caron saludando.

El picapleitos se retiró. El pobre vicario, espantado ante la persistencia con que le perseguía la señorita Gamard, volvió al comedor de la señora de Listomère con el rostro demudado. Todos le preguntaron:

—¿Qué le sucede, señor Birotteau?

El abate, desolado, se sentó sin contestar; tan conmovido le tenían las bajas imágenes de su desventura. Pero después del almuerzo, cuando varios de sus amigos se reunieron en el salón delante de una buena lumbre, Birotteau les contó candorosamente los pormenores de su aventura. Sus oyentes, que ya empezaban a aburrirse de la estancia en el campo, se interesaron vivamente en aquella intriga, tan en armonía con la vida provinciana. Todos se pusieron del lado del abate contra la solterona.

—¡Cómo! —dijo la señora de Listomère—. ¿No ve usted claramente que el abate Troubert desea sus habitaciones?

Aquí el historiador tendría el derecho de dibujar el retrato de esta dama; pero ha pensado que incluso los que desconocen el sistema de cognomología de Sterne no podrían pronunciar estas tres palabras SEÑORA DE LISTOMÈRE sin pintarla noble, digna y sabiendo, a fuerza de finas maneras, templar los rigores de la piedad con la vieja elegancia de las costumbres monárquicas y clásicas; buena, pero un poco estirada, ligeramente gangosa, permitiéndose la lectura de la Nueva Eloísa, la comedia, y peinándose todavía al antiguo uso.

—¡No faltaba más sino que el abate Birotteau cediese a esa vieja enredadora! —exclamó el señor de Listomère, teniente de navío, que había venido a casa de su tía en uso de licencia—. Si el vicario tiene corazón y quiere seguir mis consejos, bien pronto recobrará su tranquilidad.

Cada cual, en fin, se puso a analizar las acciones de la señorita Gamard con la perspicacia peculiar de los provincianos, a quienes no se puede negar el talento de descifrar los más secretos motivos de las acciones humanas.

—No aciertan ustedes —dijo un viejo propietario que conocía el país—. En el fondo de esto hay algo grave que yo no adivino todavía. El abate Troubert es demasiado profundo para que se lo adivine prontamente. Nuestro querido Birotteau no está más que en el principio de sus penas. Ante todo: ¿viviría feliz y tranquilo aunque cediese sus habitaciones a Troubert? Lo dudo. Si Caron ha venido a decirle a usted —añadió volviéndose hacia el aturdido presbítero— que usted pensaba dejar a la señorita Gamard, sin duda la señorita Gamard tiene la intención de echarle de su casa… Pues usted saldrá de allí de grado o por fuerza. Esta clase de gentes no arriesgan nunca nada; siempre proceden sobre seguro.

Aquel anciano caballero, llamado señor de Bourbonne, resumía todas las ideas de las provincias tan completamente como Voltaire ha resumido el espíritu de la época. Aquel viejo, seco y flaco, profesaba en materia de indumentaria la indiferencia de un propietario que no tiene valores territoriales fuera de su provincia. Su fisonomía, curtida por el sol de Turena, era más fina que espiritual. Habituado, a pesar de sus palabras, a combinar sus actos, ocultaba su profunda circunspección bajo una simplicidad engañosa. Así, la más somera observación dejaba comprender que, como un aldeano de Normandía, llevaba siempre la delantera en todos los negocios. Era versadísimo en enología, la ciencia favorita de los habitantes de Tours. Había sabido regar las praderas de una de sus fincas a expensas de los pantanos del Loira sin caer en un litigio con el Estado. Esta buena jugada le hizo pasar por un hombre de talento. Si, seducidos por la conversación del señor de Bourbonne, hubieseis pedido su biografía a los vecinos de Tours, los que le tenían envidia, y eran muchos, os hubiesen dado la respuesta proverbial: «¡Oh, es un viejo maligno!» En Turena, como en la mayoría de las provincias, la envidia forma el fondo de la lengua.

La observación del señor de Bourbonne produjo un silencio momentáneo, durante el cual las personas que componían aquel pequeño comité parecían reflexionar. En esto fue anunciada la señorita Salomón de Villenoix. Llegaba de Tours con el deseo de ser útil a Birotteau y las noticias que traía cambiaron completamente el aspecto de la cuestión. En el momento de su llegada, todos, excepto el propietario, aconsejaban a Birotteau que luchase con Troubert y Gamard, bajo los auspicios de la sociedad aristocrática que había de protegerle.

—El vicario general, que tiene la dirección del personal a su cargo —dijo la señorita Salomon—, acaba de caer enfermo, y el arzobispo ha puesto interinamente en su lugar al señor Troubert. Por tanto, la provisión de la canonjía depende ahora de él enteramente. Pero ayer, en casa de la señorita de la Blottière, el abate Poirel habló de los disgustos que el abate Birotteau causaba a la señorita Gamard, como queriendo justificar la desgracia que caerá sobre nuestro buen abate: «El abate Birotteau es un hombre que necesitaba mucho al abate Chapeloud, decía, y desde la muerte de aquel virtuoso canónigo se ha demostrado que...» Se han sucedido las suposiciones, las calumnias. ¿Comprenden ustedes?

—Troubert será vicario general —dijo solemnemente el señor de Bourbonne.

—¡Ea! —exclamó la señora de Listomère, mirando a Birotteau—. ¿Qué prefiere usted, ser canónigo o permanecer en casa de la señorita Gamard?

—¡Ser canónigo! —respondió una exclamación general.

—Pues bien —añadió la señora de Listomère—; hay que hacer que ganen el pleito el abate Troubert y la señorita Gamard. ¿No le han hecho a usted saber indirectamente, por la visita de Caron, que si consiente usted en dejarlos será canónigo? Pues toma y daca.

Todos ensalzaron la agudeza y la sagacidad de la señora de Listomère, menos el barón de Listomère, su sobrino, que dijo con un tono cómico al señor Bourbonne, aludiendo a los combates navales:

—A mí me habría gustado un combate entre la Gamard y el Birotteau.

Mas, para desdicha del vicario, las fuerzas no estaban equiparadas entre sus amigos aristocráticos y la solterona apoyada por el abate Troubert. Pronto llegó el momento en que la lucha había de dibujarse más francamente, agrandarse y adquirir proporciones enormes. Por acuerdo de la señora de Listomère y de la mayoría de sus adeptos, que empezaban a apasionarse por aquella intriga surgida en el vacío de su vida provinciana, se envió un recado al señor Caron. El hombre de negocios volvió con una celeridad notable, que al señor de Bourbonne no le causó sorpresa.

—Aplacemos toda resolución hasta tener informes más amplios —fue la opinión de aquel Fabio en bata, a quien sus profundas reflexiones le revelaban las altas combinaciones del tablero turenés.

Intentó hacer comprender a Birotteau los peligros de su posición. Como la prudencia del viejo maligno no halagaba las pasiones del momento, sólo obtuvo una ligera atención. La conferencia entre el abogado y Birotteau fue breve. El vicario volvió junto a sus amigos azoradísimo, diciendo:

—Me pide un escrito en que conste mi retirada.

—¿Qué quiere decir esa indigna palabra? —dijo el teniente de navío.

—¿Qué significa eso? —exclamó la señora de Listomère.

—Eso significa, sencillamente, que el abate ha de declarar que abandona por su gusto la casa de la señorita Gamard —respondió el señor de Bourbonne, tomando un polvo de rapé.

—¿No es más que eso? ¡Firme usted! —dijo la señora de Listomère, mirando a Birotteau—. Si está usted firmemente resuelto a salir de casa de ella, no hay ningún inconveniente en que haga usted constar su voluntad.

¡La voluntad de Birotteau!

—Es lo justo —dijo el señor de Bourbonne, cerrando su tabaquera con un golpe seco cuya significación no se puede expresar, porque era todo un lenguaje—. Pero siempre es peligroso escribir —añadió, dejando la tabaquera sobre la chimenea, con un gesto que espantó al vicario.

Birotteau estaba tan entontecido por el derrumbamiento de todas sus ideas, por la rapidez de los acontecimientos, que le sorprendían sin defensa, por la ligereza con que sus amigos trataban los asuntos más amados de su vida solitaria, que permanecía inmóvil, como si se viese en otro planeta, sin pensar en nada, pero oyendo y queriendo comprender el sentido de las rápidas palabras que prodigaba todo el mundo. Cogió el escrito del señor Caron y lo leyó, como si el documento del abogado fuese a concentrar su atención; pero esto fue un movimiento maquinal, y firmó aquel escrito, en el cual reconocía que renunciaba voluntariamente a vivir en casa de la señorita Gamard y a ser alimentado según los contratos hechos entre ellos. Cuando el vicario acabó de estampar su firma, el señor Caron recogió el acta y le preguntó adónde debía la señorita Gamard enviarle las cosas de su pertenencia. Birotteau indicó la casa de la señora de Listomère. Con un gesto, esta dama consintió alojar al abate por unos días, segura de que pronto sería nombrado canónigo. El viejo propietario quiso ver aquella especie de acta de renunciación y el señor Caron se la enseñó.

—Bueno —dijo al vicario, después de leerla—. ¿Luego hay entre usted y la señorita Gamard convenios escritos? ¿Dónde están? ¿Qué se estipula en ellos?

—Tengo el contrato en casa —respondió Birotteau.

—¿Y usted conoce sus condiciones? —preguntó el propietario al abogado.

—No, señor —dijo el señor Caron, extendiendo la mano para apoderarse del papel fatal.

—¡Oh! —dijo para sí el propietario—. Tú, señor abogado, sabes sin duda lo que contiene el contrato, pero no te han pagado para decírnoslo.

Y el señor de Bourbonne devolvió la renuncia al abogado.

—¿Dónde voy a meter todos mis muebles? —exclamó Birotteau—. ¿Y mis libros, mi hermosa biblioteca, mis soberbios cuadros, mi salón rojo, todo mi mobiliario, en fin?

Y la desesperación del pobre hombre, que se veía trasplantado, por decirlo así, tenía algo tan candoroso, revelaba tan claramente la pureza de sus costumbres, su ignorancia de las rosas del mundo, que la señora de Listomère y la señorita Salomón le dijeron para consolarle, empleando el tono de las madres que prometen un juguete a sus hijos:

—¿Va usted a inquietarse por estas naderías? Nosotras le encontraremos una casa menos fría y menos negra que la de la señorita Gamard. Si no se encuentra alojamiento que le guste, una de nosotras le admitirá como pupilo en su casa. Ea, jugaremos un chaquete. Mariana va usted a ver al abate Troubert para pedirle su apoyo y verá usted como es bien recibido.

Las personas débiles se tranquilizan tan fácilmente como se asustan. Así, el pobre Birotteau, deslumbrado por la perspectiva de vivir en casa de la señorita Listomère, olvidó la ruina, consumada para siempre, de la felicidad que tanto había apetecido y de la cual había gozado tan deliciosamente. Pero por la noche, antes de dormirse, y con el dolor de un hombre para quien el trastorno de una mudanza y de unas costumbres nuevas en el fin del mundo, se torturó la imaginación pensando dónde podría hallar para su biblioteca un lugar tan cómodo como la galería que dejaba. Viendo sus libros errantes, sus muebles sin emplazamiento y su ajuar en desorden, preguntábase mil veces por qué el primer año pasado en casa de la señorita Gamard había sido tan dulce y el segundo tan cruel. Y su aventura seguía siendo un pozo sin fondo donde se abismaba su razón. Ya no le parecía la canonjía una compensación suficiente para tantos males, y comparaba su vida a una media, cuya trama entera se deshace si se escapa un punto. Le quedaba la señorita Salomón. Pero al ver perdidas sus viejas ilusiones, el pobre presbítero no se atrevía a creer en una amistad joven.

En la citta dolente de las solteronas hay muchas, sobre todo en Francia, cuya vida es un sacrificio noblemente ofrecido a diario a los buenos sentimientos. Unas viven altivamente fieles a un corazón que la muerte les arrebató prematuramente; mártires del amor, dan con el secreto de ser mujeres sólo de alma. Otras obedecen a un orgullo de familia que, para vergüenza nuestra, decae de día en día, y se consagran a un hermano, a los sobrinos huérfanos: éstas son madres sin dejar de ser vírgenes. Estas solteronas llegan al más alto heroísmo de su sexo consagrando todos los sentimientos femeninos al culto de la desgracia. Idealizan la figura de la mujer renunciando a las recompensas de su destino y no aceptando de él más que las penas. En tal situación viven rodeadas del esplendor de su abnegación, y los hombres inclinan respetuosamente la cabeza ante sus facciones marchitas. La señorita de Sombreuil no fue nunca ni mujer ni muchacha: fue, y siempre será, una viviente poesía. La señorita Salomón era una de estas criaturas heroicas. Su abnegación era religiosamente sublime, porque, después de causarle un sufrimiento permanente, no le había de acarrear ninguna gloria. Bella y joven, fue amada y amó. Su prometido se volvió loco. Durante cinco años se consagró la infeliz a asegurar el bienestar mecánico de aquel desventurado, con cuya perturbación se identificó de tal modo que no le consideraba loco. Aparte de eso, era una persona de maneras sencillas, de lenguaje sincero, y cuyo pálido rostro no carecía de expresión, pese a la regularidad de sus facciones. Nunca hablaba de los acontecimientos de su vida. Solamente, en ocasiones, los súbitos estremecimientos que no podía reprimir al escuchar el relato de una aventura espantosa o triste revelaban en ella las bellas cualidades que nacen de los grandes dolores. Habíase ido a vivir a Tours después de perder al compañero de su vida. Allí no podían apreciarla en su justo valor y pasaba por una buena persona. Hacía mucho bien y se unía, por gusto, a los seres débiles. En tal concepto, el pobre vicario le había inspirado, naturalmente, profundo interés.

La señorita de Villenoix, que iba a la ciudad desde por la mañana, llevó consigo a Birotteau, le puso en el muelle de la Catedral y le dejó camino del Claustro, adonde él estaba deseando llegar para salvar siquiera del naufragio su canonjía y cuidar del traslado de sus muebles. No sin violentas palpitaciones llamó a la puerta de aquella casa que tenía el hábito de visitar desde hacía catorce años, en la cual había vivido y de donde debía desterrarse para siempre, después de haber soñado con morir allí en paz, a semejanza de su amigo Chapeloud. Mariana pareció sorprendida al verle. La dijo que iba a hablar con el abate Troubert, y se dirigió al piso bajo, donde vivía el canónigo; pero Mariana le gritó:

—El abate Troubert no vive ahí ya, señor vicario: está en el antiguo alojamiento de usted.

Estas palabras causaron un doloroso estremecimiento al vicario, que comprendió al fin el carácter de Troubert y la profundidad de una venganza tan lentamente calculada cuando encontró al canónigo establecido en la biblioteca de Chapeloud, sentado en el bello sillón gótico de Chapeloud, durmiendo, sin duda, en el lecho de Chapeloud, alojado en el corazón de Chapeloud, anulando el testamento de Chapoloud y arrebatando su herencia, por último, al amigo de Chapeloud, de aquel Chapeloud que durante tanto tiempo le había tenido confinado en casa de la señorita Gamard, impidiéndole todo avance al cerrarle los salones de Tours. ¿Qué varita mágica había obrado aquella metamorfosis? ¿No era, pues, todo aquello de la propiedad de Birotteau? Al ver el gesto sardónico con que Troubert contemplaba la biblioteca, el pobre Birotteau comprendió que el futuro vicario general estaba seguro de poseer para siempre los despojos de aquellos a quienes había tan cruelmente odiado: a Chapeloud, como un enemigo, y a Birotteau porque en él existía todavía Chapeloud. Mil ideas se alzaron en el corazón del buen hombre y le sumieron en una especie de desvarío. Permaneció inmóvil y como fascinado por los ojos de Troubert, que le miraban fijamente.

—No creo, señor —dijo Birotteau, al cabo—, que quiera usted privarme de las cosas que me pertenecen. La señorita Gamard puede haber sentido impaciencia para alojar a usted mejor, pero debe ser lo bastante justa para darme tiempo a elegir mis libros y mis muebles.

—Señor —dijo fríamente el abate Troubert, sin dejar que asomase a su rostro señal alguna de emoción—, la señorita Gamard me dio ayer cuenta de la marcha de usted, cuya causa desconozco todavía. Si me he instalado aquí, ha sido por necesidad. El señor abate Poirel ha tomado mis habitaciones. Ignoro si las cosas que hay aquí pertenecen o no a la señorita Gamard; pero si son de usted, ya usted conoce su buena fe: la santidad de su vida es una garantía de su probidad. Por mi parte, no ignora usted la sencillez de mis costumbres. He dormido durante quince años en una habitación desnuda, sin fijarme en su humedad, que, a la larga, me ha matado. No obstante, si usted quiere habitar aquí de nuevo, yo le cederé la vivienda de buena gana.

Al escuchar estas terribles palabras, Birotteau olvidó el asunto de su canonjía, bajó con la rapidez de un muchacho en busca de la señorita Gamard, y como la encontrase en el ancho rellano que unía los dos cuerpos del edificio:

—Señorita —dijo, sin reparar ni en la sonrisa agriamente burlona que se dibujaba en sus labios ni en el resplandor extraordinario que daba a sus ojos la claridad de los ojos de tigre—, no me explico que no haya usted esperado a que me lleve mis muebles para...

—¡Cómo! —dijo ella interrumpiéndole—. ¿No he enviado todos sus efectos a casa de la señora Listomère?

—Pero ¿y mi mobiliario?

—¿Entonces, no leyó usted su contrato? —dijo la solterona con un acento que necesitaríamos escribir musicalmente para que se comprendiese cómo supo su odio matizar la acentuación de cada palabra.

Y la señorita Gamard pareció agigantarse, y sus ojos brillaron aún más, y su rostro se dilató, y todo su cuerpo se estremeció de placer. El abate Troubert abrió una ventana, como para leer más claramente en un volumen infolio. Birotteau se quedó como herido del rayo. La señorita Gamard le trompeteaba en los oídos las frases siguientes:

—¿No es cosa convenida que si usted salía de mi casa su mobiliario me pertenecería, para indemnizarme de la diferencia que existía entre el precio de su hospedaje y el que pagaba el respetable abate Chapeloud? Y como el señor abate Poirel ha sido nombrado canónigo...

Al oír estas últimas palabras, Birotteau se inclinó débilmente, como para despedirse de la solterona; luego salió a escape. Tenía miedo, si continuaba más tiempo allí, de perder todos sus ánimos y dar a sus implacables enemigos un triunfo demasiado grande. Caminando como un hombre ebrio, llegó a casa de la señora de Listomère, donde encontró su ropa interior, sus vestidos y sus papeles encerrados en una maleta. Ante los despojos de su ajuar, el desgraciado presbítero se sentó y se tapó el rostro con las manos para que nadie viera sus lágrimas. ¡El abate Poirel era canónigo! ¡Él, Birotteau, se veía sin asilo, sin fortuna y sin mobiliario! Por fortuna, la señorita Salomón acertó a pasar en carruaje. El portero de la casa, que había comprendido la desesperación del pobre hombre, hizo una señal al cochero. Después de cambiadas unas frases entre la señorita y el portero, el vicario, medio muerto, se dejó llevar ante su fiel amiga, a la cual sólo pudo decir algunas palabras incoherentes. La señorita Salomón, asustada por el desvarío momentáneo de una cabeza de suyo tan débil, le condujo inmediatamente a La Alondra, atribuyendo aquel principio de enajenación mental al efecto que debía de haber producido en el vicario el nombramiento del abate Poirel. Ignoraba el convenio del presbítero con la señorita Gamard, por la suprema razón de que él mismo desconocía su alcance. Y como es ley natural que lo cómico se encuentre a veces mezclado en las cosas patéticas, las extrañas respuestas de Birotteau casi hicieron sonreír a la señorita Salomón.

—Chapeloud tenía razón —decía el vicario— ¡Es un monstruo!

—¿Quién? —preguntaba ella.

—Chapeloud. ¡Todo me lo ha quitado!

—¿Poirel?

—No, Troubert.

Por fin llegaron a La Alondra, donde los amigos del presbítero le prodigaron cuidados tan cariñosos que, al anochecer, se calmó y lograron arrancarle el relato de lo sucedido durante la mañana.

El flemático propietario quiso ver el contrato en el cual, desde la víspera, adivinaba la clave del enigma. Birotteau sacó del bolsillo el fatal papel sellado y se lo dio al señor Bourbonne, quien lo leyó rápidamente y llegó en seguida a una cláusula concebida en estos términos:

«Como existe una diferencia de ochocientos francos anuales entre el hospedaje que pagaba el difunto señor Chapeloud y aquel por el que la dicha Sofía Gamard consiente en admitir en su casa, en las condiciones arriba estipuladas, al dicho Francisco Birotteau; considerando que el abajo firmante Francisco Birotteau reconoce más que suficientemente no hallarse en condiciones de pagar durante varios años el precio que pagan los huéspedes de la señorita Gamard, y especialmente el abate Troubert; por último, en atención a diversos anticipos hechos por la dicha Sofía Gamard abajo firmada, el dicho Birotteau se compromete a cederle, a título de indemnización, el mobiliario de que esté en posesión a su fallecimiento o cuando, por cualquier causa, deje voluntariamente en cualquier época las habitaciones que ahora se le alquilan, y a no aprovecharse más de sus concesiones estipuladas en los compromisos contraídos por la señorita Gamard para con él más arriba...».

—¡Dios! ¡Qué atrocidad! —exclamó el propietario—. ¡Y qué ganas tiene la dicha Sofía Gamard!

El pobre Birotteau, que no había imaginado con su infantil cerebro causa alguna que pudiese separarle un día de la señorita Gamard, esperaba morir en su casa. No recordaba aquella cláusula, que tampoco fue discutida en sazón; hasta tal punto le había parecido justa cuando, en su deseo de pertenecer a la solterona, habría firmado cuantos pergaminos le hubiesen presentado. Su inocencia era tan respetable y la conducta de la señorita Gamard tan atroz, era tan deplorable la suerte del pobre sexagenario y su debilidad le hacía tan conmovedor, que, en un primer arranque de indignación, exclamó la señora de Listomère:

—Mía es la culpa de que se haya firmado el contrato que le arruina a usted, y yo debo devolverle el bienestar de que le he privado.

—Pero el contrato —dijo el señor de la Bourbonne— constituye un dolo, y hay en él materia de proceso…

—Bueno, pues litigará Birotteau. Si pierde en Tours, ganará en Orleans; si pierde en Orleans, ganará en París —dijo el barón de Listomère.

—Si quiere pleitear —repuso fríamente el señor Bourbonne—, le aconsejo que primeramente renuncie a su vicariato.

—Consultaremos con abogados —dijo la señora de Listomère— y pleitearemos si hay que pleitear. Pero este asunto es demasiado vergonzoso para la señorita Gamard y puede hacerse demasiado enojoso para el abate Troubert para que no obtengamos alguna transacción.

Después de deliberar maduramente, todos prometieron al abate Birotteau su ayuda en la lucha que iba a entablarse entre él y todos los adeptos de sus antagonistas. Un firme presentimiento, un instinto provinciano indefinible los obligaba a unir los nombres de Gamard y Troubert. Pero ninguno de los que se hallaban a la sazón en casa de la señora de Listomère, exceptuado el viejo maligno, tenía idea exacta de la importancia de semejante combate. El señor de Bourbonne llamó a Birotteau aparte.

—De las catorce personas que hay aquí —le dijo en voz baja—, no contará usted con una dentro de quince días. Si necesita usted llamar a alguien en su auxilio, sólo a mí me encontrará con bastante atrevimiento para tomar su defensa, porque conozco lo que son las provincias, los hombres, las cosas y, sobre todo, los intereses. Pero todos sus amigos, algunos llenos de buenas intenciones, le están metiendo en un mal camino, del que no saldrá usted con bien. Oiga mi consejo: Si quiere usted vivir en paz, deje el vicariato de Saint-Gatien, márchese de Tours. No diga a dónde va; busque un curato lejano donde Troubert no pueda encontrarle.

—¿Abandonar a Tours? —exclamó el vicario con un terror indescriptible.

Era para él una especie de muerte. ¿No era romper todas las raíces que le sujetaban al mundo? Los solterones reemplazan los sentimientos con costumbres. Cuando a este sistema moral, que les hace, más que vivir, atravesar la vida, se une un carácter débil, las cosas exteriores adquieren sobre ellos un imperio asombroso. De esta suerte, Birotteau se había convertido en algo así como un vegetal: trasplantarle era poner en peligro su inocente fructificación. Así como para vivir un árbol necesita hallar constantemente los mismos jugos y tener sus raíces en el mismo terreno, a Birotteau le era indispensable corretear por Saint-Gatien, andar siempre por el paseo del Mazo, que era su paseo habitual, recorrer invariablemente las calles por donde solía pasar, continuar yendo a los tres salones donde por las noches jugaba al whist o al chaquete.

—¡Ah! No había caído en ello —respondió el señor de Bourbonne, mirando al presbítero con cierta compasión.

Todo el mundo supo en Tours en seguida que la señora baronesa de Listomère, viuda de un teniente general, recogía al abate Birotteau, vicario de Saint-Gatien. Este hecho, que muchos habían puesto en duda, planteó las cosas rotundamente y dividió claramente las opiniones, sobre todo cuando la señorita Salomón se atrevió, la primera, a hablar de dolo y de proceso. Con la sutil vanidad que distingue a las solteronas y el fanatismo de personalidad que las caracteriza, la señorita Gamard se sintió sordamente herida por la actitud de la señora de la Listomère. La baronesa era una mujer de alta categoría, de costumbres elegantes, y a quien no se podía discutir el buen gusto, las maneras corteses y la religiosidad. Al recoger a Birotteau desautorizaba francamente todos los actos de la señorita Gamard, censuraba indirectamente su conducta y parecía sancionar las quejas del vicario contra su antigua hospedera.

Para la inteligencia de esta historia, hay que explicar aquí hasta qué punto el discernimiento y el espíritu analítico con que las viejas se dan cuenta de los actos ajenos fortalecían a la señorita Gamard y cuáles eran los recursos de su partido. En compañía del silencioso abate Troubert, pasaba la noche en cuatro o cinco casas donde se reunían una docena de personas ligadas entre sí por los mismos gustos y por analogía de su situación. Eran uno o dos viejos que compartían las pasiones y los chismorreos de sus criados; cinco o seis solteronas que se pasaban el día entero tamizando las palabras y envidiando las acciones de sus vecinos y de las personas colocadas en la sociedad por bajo o por cima de ellas; y luego, algunas mujeres de edad, exclusivamente ocupadas en destilar maledicencias, en llevar un registro exacto de todas las fortunas o en investigar los actos ajenos: pronosticaban los matrimonios y censuraban la conducta de amigos con igual acritud que la de sus enemigos. Estas gentes, situadas en la ciudad a la manera de los vasos capilares de una planta, aspiraban, con la misma sed que una hoja el rocío, las noticias, los secretos de cada casa; los inflaban y se los transmitían maquinalmente al abate

Troubert, como las hojas comunican al tallo la frescura que han absorbido. Cada noche, excitados por esa necesidad de emoción que experimenta todo el mundo, aquellos buenos devotos hacían un balance exacto de la situación de la ciudad, con una sagacidad digna del Consejo de los Diez, y ejercían la policía armados de esa especie de espionaje de efecto seguro que crean las pasiones. Cuando ya habían adivinado la razón secreta de un suceso, su amor propio los inducía a apropiarse la sabiduría del sanedrín para dar el tono de la picotería en sus respectivas zonas. Aquella congregación, ociosa y activa, invisible y clarividente, muda e incansablemente charlatana, poseía de ese modo una influencia en apariencia poco perniciosa, pero que se hacía terrible cuando la animaba un interés mayor. Ahora bien: hacía mucho tiempo que no se había presentado en la esfera de sus existencias un acontecimiento tan grave y tan importante para cada uno de ellos como la lucha de Birotteau, apoyado por la señora de Listomère, contra el abate Troubert y la señorita Gamard. En efecto, como los tres salones de los señores de Listomère, Merlin de la Blottière y de Villenoix eran considerados como enemigos por los que frecuentaba la señorita Gamard, en el fondo de la querella latía el espíritu de cuerpo con todas sus vanidades. Era el combate del pueblo y el Senado romano en un zaquizamí, o una tempestad en un vaso de agua, como dijo Montesquieu hablando de la república de San Marino, cuyos cargos públicos no duraban más que un día: tan fácil de conquistar era la tiranía. Pero aquella tempestad desarrollaba, no obstante, en las almas tantas pasiones como hubieran hecho falta para dirigir los más grandes intereses sociales. ¿No sería erróneo creer que el tiempo sólo pasa rápido para los corazones embriagados con vastos proyectos que conturban la vida y la hacen tumultuosa? Las horas del abate Birotteau corrían tan animadas, huían cargadas de pensamientos tan graves, estaban tan rizadas por las esperanzas y las desesperaciones como las crueles horas del ambicioso, el jugador, el amante. Sólo Dios está en el secreto de la energía que nos cuestan los triunfos que ocultamente alcanzamos sobre los hombres, sobre las cosas y sobre nosotros mismos. No siempre sabemos a dónde vamos, pero harto conocemos las fatigas del viaje. Pero si permitís al historiador apartarse del drama que está narrando para ejercer un momento el papel de los críticos, si os invita a echar una ojeada sobre las existencias de aquellas solteronas y de los dos abates a fin de buscar en ellos la causa de la desventura que los viciaba en su esencia, tal vez veáis demostrado que el hombre necesita experimentar ciertas pasiones para que se desenvuelvan en él las cualidades que ennoblecen su vida al ensanchar su esfera y adormecen el egoísmo propio de todas las criaturas.

La señora de Listomère regresó a la ciudad sin saber que desde hacía cinco o seis días sus amigos se habían visto obligados a rechazar una suposición de la cual ella se habría reído si la conociese, y según la cual el afecto que demostraba por su sobrino tenía causas casi criminales. Llevó al abate

Birotteau a casa de su abogado, el cual no estimó el proceso cosa fácil. Los amigos del vicario, confiados en el sentimiento que produce la justicia de una causa buena, o desidiosos ante un proceso que no les atañía personalmente, habían dejado el planteamiento del mismo para el día en que volvieran a Tours. Los amigos de la señorita Gamard pudieron, pues, tomar la delantera y supieron contar el asunto en términos poco favorables para el abate Birotteau. Así, el leguleyo, cuya clientela se componía exclusivamente de las personas devotas de la ciudad, sorprendió mucho a la señora de Listomère aconsejándola que no se embarcase en tal pleito y terminó la conferencia diciendo que, por supuesto, él no se encargaría porque, dados los términos del contrato, la razón, en derecho, era de la señorita Gamard; que en equidad, es decir, fuera del terreno de la justicia, el abate Birotteau aparecería a los ojos del tribunal y a los de las gentes honradas en contradicción con el carácter de paz, de conciliación y de mansedumbre que se le había atribuido hasta entonces; que la señorita Gamard, conocida como persona dulce y contemporizadora, había obligado a Birotteau prestándole el dinero necesario para pagar los derechos de sucesión originados por el testamento de Chapeloud, sin exigirle recibo; que Birotteau no tenía edad ni carácter para haber firmado un contrato sin saber lo que contenía ni enterarse de su importancia, y que si Birotteau había dejado a la señorita Gamard después de llevar dos años en su casa, mientras que su amigo Chapeloud había permanecido en ella doce años y Troubert quince, no podía ser sino porque tenía algún proyecto que él solo conocía; que el proceso sería, pues, juzgado como un acto de ingratitud, etcétera. Después de haber dejado que Birotteau saliese delante hacia la escalera, el abogado llevó aparte a la señora de Listomère y la conjuró, en nombre de su tranquilidad, a no mezclarse en tal asunto.

Por la noche, cuando los tertulios de la señora Listomère estaban reunidos en círculo ante la chimenea esperando la hora de empezar sus partidas, el pobre vicario, que se torturaba como un condenado a muerte que en su mazmorra de Bicêtre espera el resultado de su recurso de casación, no pudo menos de comunicarles lo ocurrido en la visita.

—Fuera del abogado de los liberales, yo no conozco en Tours un picapleitos que sea capaz de encargarse de ese asunto sin la intención preconcebida de perderlo —exclamó el señor de Bourbonne—, y no le aconsejo a usted que se embarque tampoco con él.

—Pero esto es una infamia —dijo el teniente de navío—. Yo mismo llevaré al abate a casa de ese abogado.

—Llévele usted, y cuando sea de noche —dijo el señor de Bourbonne, interrumpiéndole.

—¿Y por qué?

—Acabo de saber que el abate Troubert ha sido nombrado vicario general, en sustitución del que murió anteayer.

—Me río yo del abate Troubert.

Desgraciadamente, el barón de Listomère, hombre de treinta y seis años, no vio la seña que le hizo el señor de Bourbonne para recomendarle que pesara las palabras, porque estaba allí presente un amigo de Troubert, consejero de prefectura.

—Si el señor abate Troubert es un bribón…

—¡Oh! —dijo el señor de Bourbonne—. ¿A qué mezclar al abate Troubert en un asunto al cual es completamente ajeno?…

—Pero ¿no está disfrutando de los muebles del abate Birotteau? —replicó el barón—. Recuerdo haber estado en casa de Chapeloud y haber visto dos cuadros de precio. Suponga usted que valen diez mil francos… ¿Cree usted que el señor Birotteau ha querido dar por dos años de habitación en casa de la señorita Gamard diez mil francos, cuando sólo la biblioteca y los muebles valen ya esa suma?

El abate Birotteau abrió mucho los ojos al enterarse de que había poseído tan enorme capital.

El barón, prosiguiendo acaloradamente, añadió:

—Precisamente, el señor Salmon, el antiguo perito del Museo de París, ha venido a Tours a visitar a su suegra. Voy a verle esta misma noche con el abate Birotteau, para rogarle que tase los cuadros. Desde allí le llevaré a casa del abogado.

Dos días después de esta conversación, el proceso había tomado cuerpo. El abogado de los liberales, convertido en abogado de Birotteau, perjudicaba mucho a la causa del vicario. Las personas opuestas al Gobierno y las conocidas por no ser partidarias de los curas ni de la religión, dos cosas que muchos confunden, tomaron el asunto por su cuenta, y toda la ciudad habló de él. El antiguo perito del Museo había tasado en once mil francos la Virgen del Valentín y el Cristo de Lebrun, obras de capital belleza. En cuanto a la biblioteca y los muebles góticos, de un estilo que en París dominaba más cada día, los estimó en doce mil francos. En fin, después de minucioso examen, el perito valuó el mobiliario entero en diez mil escudos. Y como Birotteau no podía haber querido dar a la señorita Gamard esta enorme suma a cambio del poco dinero que le adeudaba en virtud de lo estipulado, era evidente que existía, judicialmente hablando, motivo para rescindir el contrato; si no, la señorita se haría culpable de un dolo voluntario. El abogado de los liberales entabló, pues, el asunto presentando una demanda contra la señorita Gamard. Aunque muy mordaz el documento, fortalecido con citas de disposiciones soberanas y corroborado por algunos artículos del Código, no dejaba de ser una obra maestra de lógica judicial, y resultaba tan condenatorio para la solterona, que los de la oposición repartieron malévolamente treinta o cuarenta copias por la ciudad.

Unos días después de romperse las hostilidades entre Birotteau y la solterona, el barón de Listomère, que esperaba ascender a capitán de corbeta en la primera promoción, desde mucho antes anunciada por el Ministerio de Marina, recibió carta de un amigo en que se le anunciaba que se estaba intentando separarle de la escala activa. Muy sorprendido, marchó rápidamente a París y asistió a la inmediata reunión en casa del ministro. Este pareció sorprendidísimo y se echó a reír cuando el barón de Listomère le expuso sus temores. A pesar de la palabra del ministro, Listomère se enteró al día siguiente en las oficinas. Con esa indiscreción que algunos jefes suelen tener en favor de sus amigos, un secretario le enseñó un trabajo ya ultimado, pero que por enfermedad de un director no había sido todavía sometido al ministro, en el cual se confirmaba la funesta nueva. El barón de Listomère corrió en seguida a casa de uno de sus tíos, el cual, como diputado, podía ver inmediatamente al ministro en la Cámara, y le rogó que explorase los propósitos de Su Excelencia, porque para él se trataba de la pérdida de su porvenir. En el coche de su tío esperó con la más viva ansiedad a que acabase la sesión. El diputado salió mucho antes del final y dijo a su sobrino, mientras el coche le conducía a su hotel:

—¿Cómo diablos se te ocurre armar peleas con los curas? El ministro ha empezado por decirme que te has puesto a la cabeza de los liberales de Tours; que profesas opiniones detestables; que no sigues la línea trazada por el Gobierno, etc. Sus frases eran tan retorcidas como si todavía estuviese hablando en la Cámara. Entonces yo le he dicho: «¡Ah! ¿Es eso? Pues entendámonos». Su Excelencia ha acabado por confesarme que estás a mal con el alto clero. En resumen, pidiendo a mis colegas algunos informes, he sabido que hablas con mucha ligereza de un tal abate Troubert, simple vicario general, pero el personaje más importante de la provincia, donde representa a la Congregación. He respondido de ti personalmente al ministro. Señor sobrino: si quieres hacer carrera, no te crees ninguna amistad sacerdotal. Vuelve a escape a Tours y haz las paces con ese demonio de vicario general. Entérate de que los vicarios generales son hombres con quienes hay que vivir siempre en paz. ¡Por vida de Dios! Cuando todos trabajamos para restablecer la religión, es estúpido que un teniente de navío que quiere ser capitán se muestre desconsiderado con los presbíteros. Si no te reconcilias con el abate Troubert, no cuentes más conmigo. Renegaré de ti. El ministro de Asuntos Eclesiásticos acababa de hablarme de ese hombre como de un futuro obispo.

Si Troubert cogiese entre ojos a nuestra familia, me impediría entrar en la próxima hornada de pares. ¿Te haces cargo?

Estas palabras explicaron al teniente de navío las secretas ocupaciones de Troubert, de las que Birotteau decía cándidamente: «No sé en qué emplea las noches».

La posición del canónigo en medio del senado femenino que ejercía tan sutilmente la policía de la provincia, y su capacidad personal, le habían llevado a ser elegido por la Congregación, entre todos los eclesiásticos de la ciudad, para procónsul incógnito de Turena. Arzobispo, general, prefecto, grandes y chicos, todos estaban bajo su oculto dominio. El barón de Listomère tomó en seguida el partido que le convenía.

—No quiero —dijo a su tío— recibir una segunda andanada eclesiástica en la obra viva.

Tres días después de esta conferencia diplomática entre tío y sobrino, el marino, que había súbitamente regresado en sillas de postas a Tours, revelé a su tía, la noche misma de su llegada, los peligros que corrían las más caras esperanzas de la familia de Listomère si el uno y el otro se obstinaban en sostener a aquel imbécil de Birotteau. El barón había hecho quedarse al señor de Bourbonne en el momento en que el anciano caballero cogía el sombrero y el bastón para marcharse, terminada la partida de whist. Las luces del viejo maligno eran indispensables para esclarecer el escollo en que se habían metido los Listomère, y el viejo maligno había cogido antes de tiempo el bastón y el sombrero precisamente para que le dijeran al oído:

—Quédese; tenemos que hablar.

El rápido regreso del barón y su aspecto de satisfacción, contradictorio con la preocupación que a veces expresaba su cara, habían indicado vagamente al señor de Bourbonne que el teniente acababa de sufrir algunos percances en su travesía entre Gamard y Troubert. No mostró ninguna sorpresa cuando oyó al barón proclamar el secreto poder del vicario general congregacionista.

—Ya lo sabía yo —dijo.

—Entonces —exclamó la baronesa—, ¿por qué no nos lo advirtió usted?

—Señora —respondió vivamente—: olvide usted que conozco la invisible influencia de ese presbítero y yo olvidaré que usted también la conoce. Si no guardásemos el secreto, pasaríamos por cómplices suyos, seríamos temidos y odiados; finja usted que ha sido engañada, pero sepa bien dónde pone los pies. Yo les había dicho a ustedes bastante; pero no me comprendían y no quería comprometerme.

—¿Y qué vamos a hacer ahora? —dijo el barón.

Abandonar a Birotteau no era cosa difícil, y en eso ya estaban de acuerdo los tres.

—Batirse en retirada con todos los honores de guerra ha sido siempre la obra maestra de los más hábiles generales —respondió el señor de Bourbonne —. Dobléguense ustedes ante Troubert. Si su odio es menos fuerte que su vanidad, le convertirán ustedes en aliado; pero si se doblegan ustedes demasiado, los pisoteará, porque el alma de la Iglesia es abismo ante todo, como ha dicho Boileau. Haga usted creer, señor barón, que deja usted el servicio y escapará de sus garras. Despida usted al vicario, señora, y favorecerá usted a la Gamard. Pregunte en el Arzobispado al abate Troubert si juega al whist y responderá que sí; ruéguele que venga a jugar una partida en este salón, donde desea ser recibido, y es seguro que vendrá. Es usted mujer, y sabrá atraerse a este presbítero. Cuando el barón sea capitán de navío, su tío par de Francia, Troubert obispo, podrá usted cómodamente hacer a Birotteau canónigo. Hasta entonces, sométase; pero sométase con astucia y amenazando. La familia de usted puede prestar a Troubert tanta ayuda como él le preste: se entenderán ustedes a maravilla. Por lo demás, usted, que es marino, vaya siempre con la sonda en la mano.

—¡El pobre Birotteau! —dijo la baronesa.

—¡Oh! Despáchele en seguida —replicó el propietario, marchándose—. Si algún liberal astuto se apodera de esa cabeza hueca, les causará a ustedes sinsabores. Después de todo, los tribunales se pronunciarían en su favor y Troubert debe de estar temeroso del resultado. Todavía puede perdonarles a ustedes que hayan entablado el combate; pero después de una derrota, sería implacable. He dicho.

Y cerrando de golpe su tabaquera, fue a ponerse sus chanclos y partió.

La mañana siguiente, después del desayuno, la baronesa se quedó sola con el vicario y, no sin embarazo, le dijo:

—Querido señor Birotteau, lo que voy a pedirle le parecería muy injusto y muy inconveniente; pero por usted y por nosotros es necesario, primero, desistir de su pleito con la señorita Gamard, y luego, que deje usted mi casa.

Al oír estas palabras el pobre presbítero palideció.

—Yo soy —prosiguió ella— la causa inocente de sus desdichas y sé que, a no intervenir mi sobrino, usted no hubiese intentado el pleito que en estos momentos nos perjudica a los dos. Pero óigame.

Sucintamente le dio idea del inmenso alcance de la cuestión y le explicó la gravedad de sus consecuencias. Sus meditaciones le habían hecho, durante la noche, adivinar los antecedentes probables de la vida de Troubert; podía, pues, ahora demostrar sin engañarse a Birotteau la trama en que le había envuelto aquella venganza tan hábilmente urdida; revelarle la alta capacidad y el poder de su enemigo, haciéndole comprender su odio descubriéndole los motivos; mostrándosele agazapado durante doce años ante Chapeloud, devorando a Chapeloud y persiguiendo todavía a Chapeloud en la persona de su amigo. El inocente de Birotteau juntaba sus manos como para orar, y lloró de tristeza ante aquellos horrores humanos, que su alma pura nunca había podido sospechar. Espantado, como si se viese en el borde de un abismo, escuchaba, con los ojos fijos y húmedos, pero sin expresar una idea, el discurso de su bienhechora, la cual le dijo para terminar:

—Sé cuánto mal hago abandonándole; pero, querido abate, los deberes de familia son antes que los de amistad. Ceda usted, como hago yo, ante esta tormenta, y yo le demostraré mi gratitud. No tendrá usted que inquietarse por su existencia. De los intereses de usted no hay que hablar; yo me encargo de ellos. Por conducto del señor Bourbonne, que sabrá salvar las apariencias, procuraré que no le falte a usted nada. Concédame usted, amigo mío, el derecho de traicionarle. Seguiré siendo su amiga sin apartarme de las máximas del mundo. Decida usted.

El pobre abate, estupefacto, exclamó:

—¡Cuánta razón tenía Chapeloud cuando decía que si Troubert pudiese, iría a la misma tumba a arrastrarle por los pies! ¡Y duerme en el lecho de Chapeloud!

—No es ocasión de lamentarse. Tenemos poco tiempo de que disponer. Decidamos.

Birotteau era demasiado bueno para no obedecer, en las grandes crisis, a la abnegación irreflexiva del primer momento. Pero, además, su vida no era ya más que una agonía. Lanzando a su protectora una mirada de desesperación, que la turbó, dijo:

—A usted me entrego, ¡Ya no soy más que un bourrier de la calle!

Esta palabra, de la jerga local de Tours, no tiene otra equivalencia posible que la frase brizna de paja. Pero hay lindas briznitas de paja amarillas, pulidas, brillantes, que divierten a los niños; mientras que bourrier es la brizna de paja decolorada, enlodada, arrastrada por los arroyos, pisoteada por los transeúntes.

—Pero, señora, yo no quería dejar al abate Troubert el retrato de Chapeloud; se hizo para mí, me pertenece; consiga usted que me lo devuelva, y perdonaré todo lo demás.

—Bien —dijo la señora de Listomère—, yo iré a casa de la señorita Gamard.

Dijo estas palabras con un tono que revelaba el esfuerzo extraordinario que hacía la baronesa de Listomère rebajándose a halagar el orgullo de la solterona.

—Y trataré —añadió— de arreglarlo todo. Apenas me atrevía a esperarlo. Vaya usted a ver al señor de Bourbonne; que él formule la renuncia de usted en los términos debidos y tráigame el documento en regla. Después, y con la ayuda del señor arzobispo, tal vez logremos terminar este asunto.

Birotteau salió aterrado. Troubert había adquirido a sus ojos las proporciones de una pirámide de Egipto. Aquel hombre tenía las manos en París y los codos en el claustro de Saint-Gatien.

—¿Impedir él —se dijo— que el señor marqués de Listomère sea par de Francia?... ¡Y tal vez con la ayuda del arzobispo se podría terminar este asunto!

Ante tan altos intereses, Birotteau se consideraba un gusano; y se hacía justicia.

La noticia de la mudanza de Birotteau sorprendió mucho, porque el motivo era impenetrable. La señora de Listomère decía que había necesitado la habitación del vicario para ampliar las de su sobrino, que quería casarse y dejar el servicio de la Marina. Todavía no conocía nadie el desistimiento de Birotteau. Se ejecutaban, pues, hábilmente las instrucciones del señor de Bourbonne. Cuando el gran vicario supiese las dos noticias forzosamente había de sentir halagado su amor propio, porque vería que la familia de Listomère, si bien no capitulaba, permanecía neutra y reconocía tácitamente el oculto poder de la Congregación. Reconocer este poder, ¿no era someterse a él? Pero el proceso seguía por completo sub judice. ¿No era esto someterse y amenazar?

Los Listomère habían, pues, adoptado para la gran batalla idéntica actitud que el vicario: se mantenían fuera de ella y todo quedaba bajo su dirección. Pero sobrevino un acontecimiento grave, que hizo aún más difícil el éxito de los designios meditados por el señor de Bourbonne y los Listomère para apaciguar al Partido de la Gamard y Troubert. La víspera, la señorita Gamard había cogido un enfriamiento al salir de la Catedral; se metió en la cama y parecía enferma de peligro. En toda la ciudad repercutían las lamentaciones provocadas por una falsa conmiseración. «La sensibilidad de la señorita Gamard no había podido resistir el escándalo del proceso. Aunque tenía razón, iba a morir de pena. Birotteau mataba a su bienhechora...». Tal era la substancia de las frases que se habían adelantado a lanzar los tubos capilares del gran conciliábulo femenino, y que toda la ciudad de Tours repetía complacientemente.

La señora de Listomère pasó por la vergüenza de ir a casa de la solterona, sin obtener de la visita el provecho que esperaba. Con la más exquisita cortesía solicitó hablar con el vicario general. Enorgullecido tal vez de recibir en la biblioteca de Chapeloud, y junto a la chimenea, adornada por los dos famosos cuadros cuya posesión se le había discutido, a una señora que hasta entonces no le había reconocido como hombre importante, Troubert hizo esperar un rato a la baronesa. Luego consintió en darle audiencia. Jamás cortesano ni diplomático alguno pusieron en la discusión de sus intereses particulares o en el desarrollo de una negociación nacional tanta habilidad, tanto disimulo y profundidad como desplegaron la baronesa y el abate cuando se vieron ambos en escena.

Como el padrino que en la Edad Media armaba al campeón y fortalecía su valor con útiles consejos cuando iba a entrar en liza, el viejo maligno había dicho a la baronesa:

—No olvide usted su papel: es usted conciliadora, no parte interesada. También Troubert es un mediador. ¡Pese usted sus palabras! Estudie las inflexiones de voz del vicario general. Si le ve usted acariciarse la barbilla, es señal de que le ha seducido.

Algunos dibujantes se han recreado pintando en caricatura el frecuente contraste que hay entre lo que se dice y lo que se piensa. En nuestro caso, para darse bien cuenta del duelo de palabras que se libró entre el presbítero y la gran señora, es necesario que desvelemos los pensamientos que mutuamente se ocultaron bajo frases de apariencia insignificante. La señora de Listomère empezó mostrando el disgusto que le causaba el pleito de Birotteau y luego habló del deseo que tenía de ver terminado el asunto a gusto de las dos partes.

—El mal está hecho, señora —dijo el abate con voz grave—: la virtuosa señorita Gamard se muere. (Tanto me importa esa imbécil como el preste Juan —pensaba—; pero querría echar sobre ti la responsabilidad de esa muerte o inquietar tu conciencia, si eres tan simple que te preocupas de ello).

—Cuando supe su enfermedad, señor —respondió la baronesa—, exigí del señor vicario una renuncia, que aquí traigo, para esa santa señorita. (¡Te adivino, astuto pícaro —pensaba—; pero ya nos tienes al abrigo de tus calumnias! Si aceptas la renuncia, caes en el lazo; es como si confesaras tu complicidad).

Hubo un momento de silencio.

—Los asuntos temporales de la señorita Gamard no me conciernen —dijo al fin el presbítero, abatiendo los párpados para que no se advirtiese emoción alguna en sus ojos de águila. (¡Oh, no me comprometerás! Pero ¡alabado sea Dios!, los malditos abogados no defenderán ya un asunto que podía salirme mal. ¿Qué quieren los Listomère para convertirse en servidores míos?).

—¡Ah, señor! —replicó la baronesa—. Los asuntos del señor Birotteau son para mí tan ajenos como para usted los de la señorita Gamard; pero, desgraciadamente, estas disputas pueden dañar la religión, y yo en usted no veo más que un mediador, como yo he tomado a mi cargo el papel de conciliadora… (No nos engañaremos, no. ¿Notas bien la tendencia epigramática de mi contestación?).

—¡Perjudicarse la religión, señora! —dijo el gran vicario—. La religión está demasiado alta para que puedan alcanzarla las querellas de los hombres. (La religión soy yo —pensaba—). Dios nos juzgará sin equivocarse, señora —añadió—; no reconozco más tribunal que el suyo.

—Pues bien, señor —respondió ella—, intentemos poner de acuerdo los juicios de los hombres con los juicios de Dios. (Sí, la religión eres tú).

El abate Troubert, cambió de tono:

—¿No ha ido a París su sobrino? (Te han traído de allí malas noticias —pensaba—. Puedo aplastaros, y me despreciabais. Venís a capitular).

—Sí, señor; agradezco a usted el interés que se toma por él. Esta noche vuelve a París, llamado por el ministro, que nos estima mucho y no quiere dejarle que abandone el servicio. (Jesuita, no nos aplastarás —pensaba—; he comprendido tu burla).

Un momento de silencio.

—Su conducta en este asunto no me ha parecido conveniente; pero hay que disculpar a un marino su desconocimiento del derecho. (Aliémonos —pensaba ella—; con pelear no iremos ganando nada).

El abate inició una ligera sonrisa, que se perdió entre los pliegues de su rostro.

—Nos ha prestado un servicio haciéndonos conocer el valor de esas pinturas —dijo mirando los cuadros—; serán un hermoso adorno para la capilla de la Virgen. (Me has asestado un epigrama, toma dos. Estamos en paz).

—Si los dona usted a Saint-Gatien, le ruego que me permita ofrecer a la iglesia marcos dignos del sitio y de los lienzos. (Me gustaría hacerte confesar que deseas los muebles de Birotteau).

—No me pertenecen —dijo el presbítero, manteniendo su guardia.

—Pero aquí tengo yo un acta —dijo la señora de Listomère— que zanja toda discusión y se los entrega a la señorita Gamard. —Y puso la renuncia en la mesa. (Mira —pensaba— cómo confío en ti). —Reconciliar —añadió— a dos cristianos es digno de usted, señor, y de su noble carácter; aunque yo ahora no me tome mucho interés por el señor Birotteau…

—Pero vive con usted —interrumpió él.

—No, señor; ya no está en mi casa. (La pairía de mi cuñado y el grado de mi sobrino me están haciendo cometer bastantes vilezas —pensaba).

El abate permaneció impasible, pero su actitud tranquila era indicio de las más violentas emociones. Sólo el señor de Bourbonne habría adivinado el secreto de aquella paz aparente. ¡El presbítero triunfaba!

—¿Por qué se ha hecho usted cargo de su renuncia? —preguntó, excitado por un sentimiento análogo al que induce a una mujer a hacer que le repitan las galanterías.

—No he podido sustraerme a un impulso de compasión. Birotteau, cuya debilidad de carácter debe usted conocer, me ha suplicado que viese a la señorita Gamard, a fin de obtener como precio de su renuncia a…

El abate frunció las cejas.

—… a los derechos que distinguidos abogados le reconocen, el retrato…

El presbítero miró a la señora de Listomère.

—… el retrato de Chapeloud —prosiguió ella—; sea usted juez de esta pretensión… (Si quieres pleitear, serás condenado, —pensaba).

El acento con que la baronesa dijo «distinguidos abogados» hizo comprender al presbítero que conocía el flaco y el fuerte del enemigo. La señora de Listomère demostró tanto talento en el curso de la conversación, a los ojos de aquel conocedor sagaz, que el abate bajó a las habitaciones de la señorita Gamard para obtener su respuesta a la transacción que se le proponía.

Pronto volvió a subir Troubert.

—Señora, éstas son las palabras de la pobre moribunda: «El señor abate Chapeloud me dio demasiadas pruebas de amistad para que yo me separe de su retrato». Por mi parte —añadió Troubert—, si fuese mío no se lo cedería a nadie. Han sido tan constantes mis pensamientos respecto del pobre difunto, que me creo con derecho para disputar al mundo entero su imagen.

—No enredemos las cosas, señor, por una mala pintura. (Me río de ella tanto como tú —pensaba la baronesa). Consérvela usted y mandaremos hacer una copia. Me felicito de haber concluido con un pleito tan triste y deplorable, y, personalmente, he salido ganando el placer de conocer a usted. He oído hablar de su habilidad en el juego del whist. Perdonará usted a una mujer el pecado de la curiosidad —dijo sonriendo—. Si quiere usted venir alguna vez a jugar a casa, esté seguro de una buena acogida. —Troubert se acarició la barbilla. (Ya te he cogido, Bourbonne está en lo cierto —pensaba ella—; tiene su correspondiente dosis de vanidad).

Efectivamente, el vicario experimentaba en aquellos momentos la deliciosa sensación a que Mirabeau no sabía sustraerse cuando en los días de su poderío veía abrirse a su paso la puerta cochera de un hotel donde antes se le negaba la entrada.

—Señora —respondió—, tengo demasiadas y grandes ocupaciones, que no me permiten hacer vida de sociedad; pero ¿qué no haría por usted? (La solterona va a reventar; entablaré relaciones con los Listomère y los serviré si me sirven —pensaba—; mejor es tenerlos como amigos que como enemigos).

La señora de Listomère volvió a casa esperando que el arzobispo consumaría la obra de paz comenzada tan felizmente. Pero a Birotteau ni siquiera su renuncia había de reportarle beneficio alguno. La señora de Listomère supo al día siguiente la muerte de la señorita Gamard. Abierto el testamento de la solterona, nadie se sorprendió al ver que hacía a Troubert heredero universal. Su fortuna fue valorada en cien mil escudos. El abate Troubert envió a la señora de Listomère dos esquelas y dos invitaciones para los funerales de su amiga. Estas invitaciones eran una para ella y otra para su sobrino.

—Hay que ir —dijo ella.

—Con ese propósito las envía —exclamó el señor de Bourbonne—. Monseñor Troubert quiere someterlos a ustedes a esa prueba. Barón, vaya usted hasta el cementerio —añadió, volviéndose al teniente de navío, quien, por desgracia suya, todavía no había salido de Tours.

Se verificó el funeral y fue de gran magnificencia eclesiástica. De cuantos asistían, únicamente una persona lloró: el pobre Birotteau, que, solo, en una capilla apartada, sin que nadie le viera, se creía culpable de aquella muerte y oraba por el alma de la difunta, deplorando amargamente no haber alcanzado de ella perdón para sus errores. El abate Troubert acompañó el cuerpo de su amiga hasta la fosa donde iba a ser enterrada. Llegado al borde del sepulcro, pronunció un discurso, en el cual, gracias al talento del orador, el cuadro de la austeridad en que la testadora había vivido tomó proporciones monumentales. Los oyentes admiraron sobre todo estas palabras:

«Esta vida, cuyos días fueron por completo dedicados a Dios y a la religión; esta vida, que adornan tantas hermosas acciones realizadas en el silencio, tantas virtudes modestas e ignoradas, fue rota por un dolor que llamaríamos inmerecido si al borde de la eternidad pudiésemos olvidar que todas nuestras aflicciones nos las envía Dios. Los numerosos amigos de esta santa mujer, los que conocían la nobleza y el candor de su alma, preveían que todo podría soportarlo menos las sospechas que amargaban su vida entera. Por eso tal vez la Providencia la ha llevado al seno de Dios para librarla de nuestras miserias. ¡Dichosos los que pueden reposar aquí abajo, en paz consigo mismos, como Sofía reposa ya en el lugar de los bienaventurados, envuelta en la túnica de su inocencia!».

—Cuando terminó este pomposo discurso —prosiguió el señor de Bourbonne, que contaba las circunstancias del entierro a la señora de Listomère cuando, terminadas las partidas y cerradas las puertas, se quedó a solas con ella y con el barón—, figúrense ustedes, si pueden, a aquel Luis XI de sotana descargando el último hisopazo de este modo.

El señor Bourbonne cogió las tenazas de la chimenea e imitó tan bien el gesto del abate Troubert, que el barón y su tía no pudieron menos de sonreír.

—Solamente entonces —continuó el viejo propietario— se desenmascaró. Hasta entonces su actitud había sido perfecta; pero, sin duda, en el momento de encerrar para siempre a aquella solterona a quien despreciaba soberanamente y detestaba acaso tanto como a Chapeloud, no pudo impedir que su alegría se reflejase en su gesto.

Al día siguiente, por la mañana, la señorita Salomón fue a almorzar con la señora de Listomère, y al llegar le dijo conmovida:

—Nuestro pobre abate Birotteau acaba de recibir un horrible golpe, que revela los más refinados cálculos del odio. Le han nombrado cura de San Sinforiano.

San Sinforiano es un arrabal de Tours, situado en la otra parte del puente. Este puente, uno de los monumentos más bellos de la arquitectura francesa, tiene mil novecientos pies de longitud, y las dos plazas en que sus extremos terminan son absolutamente iguales.

—¿Comprende usted? —añadió después de una pausa, y muy sorprendida de la frialdad con que la señora de Listomère había recibido la noticia—. Allí estará el abate Birotteau como a cien leguas de Tours, de sus amigos, de todo. ¿No es un destierro, tanto más cruel cuanto que se le arranca de una ciudad que sus ojos verán a diario, pero a la cual no podrá venir? Él, que apenas puede andar después de sus desgracias, tendrá que caminar una legua para vernos. Ahora el infeliz está en cama, tiene fiebre. El presbiterio de San Sinforiano es frío, húmedo, y la parroquia no cuenta con fondos para repararlo. El pobre viejo va, pues, a verse enterrado en un verdadero sepulcro. ¡Qué horrible maquinación!

Para acabar esta historia nos bastará quizá referir sencillamente algunos acontecimientos y esbozar un último cuadro.

Cinco meses más tarde el vicario general fue nombrado obispo. La señora de Listomère había muerto y dejaba en su testamento una renta de mil quinientos francos para Birotteau. El día en que se conoció el testamento de la baronesa, monseñor Jacinto, obispo de Troyes, estaba a punto de salir de Tours para ir a establecerse en su diócesis; pero retrasó su marcha. Furioso al ver que le había engañado una mujer a la cual había dado la mano mientras que ella tendía secretamente la suya al hombre que él miraba como su enemigo, Troubert amenazó de nuevo el porvenir del barón y la pairía del marqués de Listomère. En plena asamblea, en el salón del arzobispado, profirió una de esas frases eclesiásticas llenas de meliflua mansedumbre, pero impregnadas de venganza. El ambicioso marino corrió a ver a aquel presbítero implacable, que debió imponerle duras condiciones, porque la conducta del barón demostró entero sometimiento a los deseos del terrible congregacionista. El nuevo obispo entregó, con todas las formalidades necesarias, la casa de la señorita Gamard al capítulo de la Catedral; dio la biblioteca y los libros de Chapeloud al seminario; dedicó los dos discutidos cuadros a la capilla de la Virgen; pero se guardó el retrato de Chapeloud. Nadie se explicó esta casi total dejación de la herencia de la señorita Gamard.

El señor de Bourbonne supuso que el obispo conservaba secretamente la parte líquida a fin de poder sostenerse con arreglo a su categoría en París si era llamado al banco de los obispos de la Alta Cámara. Pero la víspera de la partida de monseñor Troubert, el viejo maligno logró por fin adivinar el cálculo que ocultaba aquella acción, golpe de gracia descargado por la más tenaz de todas las venganzas sobre la más débil de todas las víctimas. El legado de la señora de Listomère le fue discutido a Birotteau por el barón so pretexto de captación. Unos días después de entablado el pleito, el barón ascendió a capitán de navío. Por medida disciplinaria se impuso el entredicho al cura de San Sinforiano. Los superiores eclesiásticos juzgaron el proceso a priori. ¡El asesino de la señorita Gamard era, pues, un bribón! Si monseñor Troubert hubiese conservado la herencia de la solterona habría sido difícil fulminar sobre Birotteau la censura.

En el momento en que monseñor Jacinto, obispo de Troyes, cruzaba en silla de postas el muelle de San Sinforiano, camino de París, el abate Birotteau había sido puesto al sol, en una butaca, sobre una terraza. El pobre clérigo, castigado por su arzobispo, estaba pálido y enflaquecido. El dolor, impreso en todas sus facciones, descomponía enteramente aquel rostro, antes tan dulcemente alegre. La enfermedad ponía en aquellos ojos, antes candorosamente animados por los placeres de la buena pitanza y libres de ideas graves, un velo que simulaba un pensamiento. Aquello no era más que el esqueleto del Birotteau que un año antes rodaba tan vacío, pero tan contento, a través del Claustro. El obispo lanzó a su víctima una mirada de desprecio y compasión; luego, consintió en olvidarla y pasó.

Sin duda en otros tiempos Troubert habría sido un Hildebrando o un Alejandro VI. Hoy la Iglesia ha dejado de ser una potencia política y no absorbe ya las fuerzas de las gentes solitarias. El celibato tiene el defecto capital de que, poniendo todas las cualidades del hombre al servicio de una sola pasión, el egoísmo, hace a los solterones inútiles o nocivos. Vivimos en una época en que la falta de los gobernantes consiste en haber hecho al hombre para la sociedad y no la sociedad para el hombre. Hay un combate perpetuo entre el sistema que quiere explotar al individuo y el individuo que desea explotar el sistema; mientras que antaño el hombre, en realidad más libre, se mostraba más generoso con respecto a la cosa pública. El círculo en que se agitan los hombres se ha ensanchado sensiblemente; el alma que pueda abarcar su síntesis siempre será una excepción; porque habitualmente, en moral como en física, el movimiento pierde en intensidad lo que gana en extensión. La sociedad no debe fundarse en excepciones. En principio, el hombre fue pura y simplemente padre y su corazón latía calurosamente concentrado en el radio de la familia. Más tarde vivió para un clan o para una pequeña república; de ahí sus grandes abnegaciones históricas en Roma y Grecia. Luego perteneció a una casta o a una religión por cuyo esplendor luchó sublimemente; pero ya entonces el campo de sus intereses se acreció con todas las regiones intelectuales. Hoy su vida está ligada a la de una patria inmensa, y se dice que pronto su familia será el mundo entero. Este cosmopolitismo moral, esperanza de la Roma cristiana, ¿no será un sublime error? ¡Es tan natural creer en la realización de una noble quimera, en la fraternidad de los hombres! Mas, ¡ay!, que la máquina humana no tiene tan divinas proporciones. Las almas suficientemente vastas para concebir una grandeza de sentimientos reservada a los grandes hombres no serán nunca las de los simples ciudadanos ni las de los padres de familia. Algunos fisiólogos piensan que cuando el cerebro se ensancha de ese modo, el corazón se contrae. ¡Error! El egoísmo de los hombres que llevan en su seno una ciencia, unas leyes o una nación, ¿no es la más noble de las pasiones y, en cierto modo, la maternidad de las masas? Para alumbrar pueblos nuevos o para producir ideas nuevas, ¿no han de unir en sus poderosas cabezas los pechos de la mujer a las fuerzas de Dios? La historia de los Inocencio III, de los Pedro el Grande y de todos los directores de siglo o de nación probaría, si hiciese falta, en un orden muy elevado, el inmenso pensamiento que Troubert representaba en el fondo del claustro de Saint-Gatien.